CERDDED
MEWN CELL

I Sian

CERDDED MEWN CELL

ROBIN LLYWELYN

Argraffiad cyntaf: 2018

Dymuna'r cyhoeddwyr gydnabod cymorth ariannol
Cyngor Llyfrau Cymru.

Cynllun y clawr: Sion Ilar

Rhif Llyfr Rhyngwladol: 978 1 78461 657 1

Cyhoeddwyd ac argraffwyd yng Nghymru gan
Y Lolfa Cyf., Talybont, Ceredigion SY24 5HE
gwefan www.ylolfa.com
e-bost ylolfa@ylolfa.com
ffôn 01970 832 304
ffacs 832 782

Cynnwys

1	Llygad y Dydd	7
2	Calon Ségur	10
3	Y Seren Agosaf	24
4	Y Blaidd Llwyd	35
5	Hanes Dau Gimwch	56
6	Stori a Ddiflannodd	62
7	À l'Auberge de Ruztan	71
8	Byd Newydd Eric	84
9	Ymysg y Lleiafrifoedd	115
10	Dyn Diflas	120
11	Cerdded Mewn Cell	140
12	Orennau	150
13	Canu'n Iach	159
	Nodiadau	190

Llygad y Dydd

CROESO I *LLYGAD y Dydd*, papur newydd dyddiol cyntaf Cymru, ar gael ar draws eich dyfeisiau neu yn eich llaw. Safon yw ein sylfaen a hygyrchedd yw ein harwyddair. Cyfrwng yw hwn i ddehongli agweddau cadarnhaol yr oes sydd ohoni yn hytrach na rhestru trasiedïau ac ymdrybaeddu mewn pechodau. Rhoddwn sylw i gelfyddyd a diwylliant, addysg a pherthynas, rhyddid a chyfiawnder. Mae gennym ohebwyr ar draws y pum cyfandir a rydd inni orwelion eang a rhyngwladol.

Gan fy mod i wedi sôn am ein gohebwyr, moes imi yn awr droi at ein tîm arloesol. Nid oes angen cyflwyno ein golygydd, Dewi 'Sudd Oren' Picwarch. Onid yw'n gyfarwydd i bawb yn sgil ei lwyddiant gyda'r rhuban glas yn Eisteddfod Llanastystlum a'i waith archeolegol yng Nghors Fochno, heb sôn am ei gampau golygyddol diweddar i *Sbam*?

Wrth gwrs nid band un dyn yw papur newydd ond cywaith. Ein gohebydd garddio, Brwynog y Llwyn, fydd yn rhoi'r darllenwyr ar ben y ffordd ynglŷn â'u tatws a'u pys gerddi a'u cywarch cartref a'u bresych crych. Cewch syniadau ar sut i'w trin yng ngholofn fwyd Lutimer a Grocl, Bodlondeb. Bydd hen edrych ymlaen, mi warantaf, at ddarllen eu hanes ar Ynys Argol yr adeg y cyrhaeddon nhw wedi i'r ynys gau am y gaeaf a hwythau'n gorfod rhostio sardîn mewn hosan a threulio'r noson ym môn y clawdd llanw. Gellir mentro fod ein diwydiant bwyd yn rhan hanfodol o wead yr economi a bydd ein gohebydd amaeth, Gwallter Moch-Llan, yn arwain ar y pwnc hwn dan lygad barcud yr Uwch-Arolygydd Glaslyn 'dwylo blewog' Anglobus, ein gohebydd cyfraith a threfn er anrhydedd. Byddwn yn manteisio hefyd ar gyfraniadau achlysurol gan Rufus Proest-Oswald, ein dyn anniddorol a'n casglwr anialwch arobryn. Bydd ein gohebydd barddol, y Gwilsen Olau, yn datgan ei barn ar gadeiriau a sut i'w hennill, a bydd ein gohebydd lliwiau, Orennau Lewis, yn rhoi sglein ar bethau yn ei ddull dihafal ei hun.

Ni allaf ddirwyn y cyflwyniad hwn i ben heb gyfeirio at ein noddwyr yn Llys Ifor Hael ac at eu cefnogaeth mewn egwyddor i'r cysyniad o bapur dyddiol gan ddiolch o galon iddynt am eu tro pedol munud olaf a'n gadawodd ar lawr heb ddim byd. Diolch hefyd i Awdurdod Tír na nÓg am ein harwain at y dibyn a'n gwthio drosto. Hoffwn ddiolch yn dew i Gyngor Sir Camdrafod am y swp o docynnau parcio a roddwyd heddiw ar geir ein gwesteion ac i'r Cynghorwyr Norys Preswyl a Bentley Ballantine am fynychu'r bwffe a sglaffio'r *vol-au-vents* cyn i neb arall gyrraedd.

Diolch diffuant, i gloi, i Wasg y Golau Gwyn am ddwyn y gwaith i ben mor daclus ac mor wych heb arian sychion sylweddol ymlaen llaw.

Calon Ségur

CALON SÉGUR YDI'R winllan hynaf ym mro Medog ac un o'r hynotaf, os oes coel ar y chwedlau. Gwinllan dwt ar aber Afon Girônd yw hi a wal wyngalchog o'i chylch i'w diffinio a honno'n amgáu esgair uchel Castell Calon Ségur. Cabernet Sauvignon yw'r prif rawnwin a dyfir yma heblaw ar yr haenau o galchfaen a chlai lle tyfir y Cabernet Franc a'r Merlot. Daw'r enw 'Calon' o'r Ocitaneg am gychod yr aber sy'n cludo coed a nwyddau o Saint-Estèphe-de-Calon i'r porthladd.

Fel rhan o'm traethawd ymchwil i barhad yr hen drefn fonheddig Ffrengig i'r oes fodern cefais gyfle i dreulio'r haf yng Nghalon Ségur. Dyma lle bûm wrthi'n olrhain hanes y winllan hon nad aeth ati i fabwysiadu'r dulliau gwneud gwin newydd ond a gadwodd at yr hen draddodiadau. Gwelais mai'r flaenoriaeth yma oedd cadw'r glendid a fu a chau'r drysau ar unrhyw fygythiad i'r hen drefn.

Cefais adwy i'r archifdy a leolir ym mhen uchaf un o'r tyrau, un o'r tyrau crynion to pigfain siâp côn. Byddai'n boeth liw dydd ac yn oer liw nos ond cawn lonydd i ddarllen yr hyn a fynnwn o blith yr hen femrynau. Wn i ddim a fyddwn wedi cael y fath ganiatâd pe gwyddai'r teulu gynnwys rhai o'r papurau a ddaeth i'r fei. Dichon nad oedd neb wedi edrych drostynt ers cenedlaethau – hen lyfrau cownt a chofnodion moel oeddynt oll o'r bron. Tua diwedd yr haf rhoddais fy llaw ar fwndel o ddogfennau a rhuban amdanynt dan sêl y castell a bûm yn ddigon hy i'w agor. Ysgrifen fân mewn inc brown oedd dros un ddogfen a honno'n dwyn y teitl *Datganiad Prif Winllannwr Calon Ségur*. Gwelwn ei bod yn ddogfen gyfreithiol o ryw fath neu'n rhan o achos llys y Castell. Tynnais lun o'r dudalen gyda chamera fy ffôn er mwyn diogelu'r geiriau a ddarllenwn.

Yr wyf i, Balan Lagadec trwy hyn o eiriau'n datgan ar lw ac yng ngŵydd tystion fod yr hyn a ddywedaf yn wir pob gair. Prif Winllannwr Calon Ségur wyf i a'm dyletswyddau'n cynnwys gofalu am y winllan, ei chynnal, ei chynaeafu a chynhyrchu'r gwin. Cant a phump a phedwar ugain o erwau yw maint y winllan ond anhraethol fwy yw mawredd ac anrhydedd y bri a roddir ar y gwin a ddaw o'r tir hwn. Dysgais fy nghrefft gan fy nhad a oedd yn Brif Winllannwr Calon Ségur o'm blaen ac fe ddysgodd yntau gan fy nhaid a ddysgodd gan ei dad yntau. Dysgais gan fy nhad sut i adnabod y grawnwin â'm llygad a'm trwyn a'm dant, a gwybod i'r dim sut orau i'w trin i sicrhau'r safon. Rhan arall o'm gwaith yw cydweithio gyda'r Distain, y Gwir Anrhydeddus Avel Herlan, ynglŷn â'r archebion *en primeur*. Byddaf yn cadw cofnod o'r gwinoedd yn y gofrestr fawr gan nodi pob hynodrwydd a phob manylyn perthnasol. Fy mlaenoriaeth yw diogelu enw da'r winllan a sicrhau llwyddiant Calon Ségur yn oes oesoedd. Gofid o'r mwyaf i mi yw deall fod cwynion wedi eu codi amdanaf ac rwyf eisoes wedi syrthio ar fy mai am unrhyw un o reolau'r Castell a dorrwyd gennyf yn fy anwybodaeth. Dim ond er lles y winllan y gofynnaf am faddeuant ac nid er fy mwyn fy hun. Yr wyf trwy hyn o ddatganiad yn erfyn am drugaredd ac yn gofyn ichi ailystyried fy nedfryd fel y gallaf ddyfalbarhau â'm gwaith yma yng ngwinllan Calon Ségur.

Yr eiddoch yn gywir,

Balan Lagadec, Prif Winllannwr.

Plygais y ddogfen a gweld *Gwrthodwyd* yn goch ar draws ei chefn gyda llinell bendant a phwrpasol yn tanlinellu'r gair ac oddi tano'r geiriau *Gweithredwyd y ddedfryd*. Cododd hyn chwilfrydedd ynof i wybod mwy am y Balan Lagadec yma a'i drosedd a'i ffawd.

Gwaetha'r modd ni chefais fawr o gydweithredu gan y teulu. Yn wir pan grybwyllais ei enw aeth y lliw o wyneb y meistr ac aeth ei lygaid fel pennau pìn. Credaf y byddid wedi fy nhaflyd i Afon Girônd a charreg wedi ei chlymu am fy nghanol pe bai'r fath beth yn dal yn weddus yn y gymdogaeth. Pan welais ei ymateb, prysurais i'w ddarbwyllo mai hanes y winllan oedd fy niddordeb ac nad oedd hanesion am fân weision yn rhan o'm hymchwil.

Maes o law torrwyd ar yr ias a chefais ddyfalbarhau gyda'm gwaith.

Dysgais hanes Eugene, Iarll Ségur, a etifeddodd y winllan ac a wnaeth lawer i osod seiliau cadarn iddi. Bu wrthi am ddegawdau'n perffeithio'i gastell yn unol â chwaeth y cyfnod am ysblander dros ben llestri. Rhaid bod y fasnach win wedi bod yn dra llwyddiannus i'w alluogi i gyflawni'r hyn a wnaeth o feddwl nad oedd y Castell fawr mwy na thŵr ar ben yr esgair pan ddaeth yn berchen ar y lle. Erbyn iddo ddatgan ei fod o'n 'fodlon ar y gwaith' nid oedd dim i'w weld o'r hen anheddau. Daeth yn berchen ar ddwy winllan fawr arall gyfoethocach na Chalon Ségur, sef Lafite a Petrus, ond yma ar aber Girônd yr oedd ei galon, meddai, ac ym mhridd y winllan y claddwyd ei galon gan ei wraig. Codwyd cysegrfan a welir hyd heddiw, lle byddai'n penlinio bob bore a phob nos i weddïo am achubiaeth i'w enaid, ac i'w henaid hithau, ond odid.

Er nad yw'r bryncyn yn uchel mae'r awel yn lleddfu peth ar wres yr haf ac yn y gaeaf daw niwloedd yr aber i'w lapio ac i bylu llusernau'r pyrth. Wrth gyrraedd heddiw bydd yr ymwelydd yn camu rhwng giatiau enfawr y porth o dan y gatws a'r gorthwr i'r ward. Oddi amgylch y ward mae pedwar mur uchel a phyrth ym mhob cornel sy'n agor ar rodfeydd caeedig a grisiau cerrig i'r neuadd, yr orielau a'r siambrau. Ar hyd rhai o'r coridorau gwelir drysau praff dan glo ac ym mhen draw un ohonynt deuthum i ben

grisiau oedd yn dirwyn i lawr i grombil y Castell. Tybiais
fy mod wedi cyrraedd y gwaelod un cyn imi sylwi ar garreg
lydan â dolen ddur ynddi a'i thynnu ataf. Trwy ryw gyfarpar
mecanyddol cododd y garreg ar echel a gwelwn risiau cul
yn dirwyn am i lawr. Rhois olau fy ffôn ar fynd a dyma
finnau i lawr nes cyrraedd rhwydwaith o dwnelau duon
tanddaearol gyda chelloedd a drysau haearn arnyn nhw
ar y naill ochr a'r llall. Gwelais lygedyn o olau dydd maes
o law a chyrchu ato. Llwyddais i ddringo trwy fwlch yn y
calchfaen a dyna lle'r oeddwn i yn un o'r agoriadau mawr
a naddwyd yn y graig i gadw'r casgenni gwin. Ymhellach
draw roedd twnelau gyda rheseidiau o boteli llychlyd ar eu
hyd o'r llawr i'r nenfwd.

Wrth archwilio'r twnelau cefais hyd i becyn o femrynau
a rholyn o gart achau yng ngwaelod cist o dan ryw lyfrau
ystadegau am allforion i Rwsia. Roedd yn amlwg fod yna
gysylltiad â Rwsia gan fod gwraig Iarll Eugene de Ségur,
Sophie Rostopchine, yn hanu o'r wlad honno a hithau wedi
ffoi i Ffrainc gyda'i rhieni pan oedd hi yn ei harddegau.
Deunaw oed oedd hi pan briododd Eugene de Ségur ac
yntau gryn dipyn yn hŷn. Euthum â'r papurau i'w hastudio
i'r garet yn y tŵr gan mor fân oedd y llawysgrifen ac er yn
osgeiddig ddigon, yn anodd i'w darllen heb chwyddwydr.
O'r hyn a gasglwn gallwn daeru mai'r Iarlles Sophie de
Ségur ei hun oedd awdures y ddogfen. Roedd hi'n manylu
ar y siom a gafodd wrth ddarganfod bod yr Iarll Eugene

de Ségur mewn perthynas gydag un o'r morynion a elwid Marianig, merch ddeunaw oed o Lydaw. Mae'n sôn am amheuon eraill ynglŷn ag ymweliadau Eugene de Ségur â Pharis a'r ffaith ei fod o'n treulio llai a llai o amser yn y Castell. Cwynir hefyd iddo golli diddordeb yn y winllan a bod y masnachwyr mawr yn troi at winllannoedd eraill oherwydd y diffyg trefn. Dywedir nad oedd ganddo ddiddordeb mewn dim heblaw mercheta, hap-chwarae ac afradu'i gyfoeth.

Ymddengys i bethau gyrraedd pen tennyn pan fygythiwyd ei garcharu am ei ddyledion, a bu'n rhaid gwerthu rhai o'r tiroedd ymylol a rhai o'u daliadau mewn gwinllannoedd eraill. Ond mae'n amlwg o'r hanes a ddarllenais na fu cymod rhwng Sophie de Ségur â'i gŵr os gellir ystyried fel tystiolaeth ei bygythion a'i dyheadau i'w weld o wedi ei wenwyno a'i ladd. Gwelais bapur arall oedd yn cyfeirio ati hi, papur lled swyddogol yr olwg, wedi ei lofnodi gan feddyg neu fferyllydd a hwnnw'n nodi bod Sophie de Ségur "yn dangos tueddiadau gorffwyll ac afreolus. Yn gweld drychiolaethau ac yn mynnu bod ysbrydion yn ei gormesu." Ymhelaethir mewn ôl-nodyn: "Bydd ei nerfau'n chwalu ar y cyffro lleiaf a bydd yn dioddef cyfnodau hirion o fudandod pan fydd yn ofynnol iddi arddel ei llechen i gyfathrebu cyfarwyddiadau i'w morynion."

Gwaetha'r modd, ni chadwyd yr un llun o Sophie de

Ségur a dim ond un llun o Eugene de Ségur a oroesodd i'r oes fodern, paentiad olew mewn ffrâm gywrain yn ôl cofnodion yr archif, llun a arferai grogi yn y brif neuadd. Fe'i collwyd yn ystod yr Ail Ryfel Byd ond cefais hyd i ffotograff melynfrown o'r neuadd â'r llun i'w weld yn glir arno. Pan ddangosais hwnnw i'r meistr fe'i cipiodd oddi arnaf a'i gadw ac nis gwelais wedyn.

Ychydig iawn o ddeunydd crai fel yr uchod y medrais ei gywain yn ystod fy nghyfnod o waith ymchwil yng nghastell Calon Ségur ac ni feiddiwn holi'r perchnogion na'u gweithwyr am y pethau a'm diddorai wedi'r ymateb chwyrn a gefais y tro cyntaf. Wrth gwrs roedd fy ymchwil yn cwmpasu ardal y Castell a byddwn weithiau'n mynd am dro tua bryniau'r gorllewin ac weithiau i lawr am yr aber trwy bentref Saint-Estèphe-de-Calon.

Un gyda'r nos, wrth grwydro o gwmpas sgwâr y pentref i edmygu'r eglwys, euthum i orffwys wrth un o'r byrddau tu allan i far yr Amis Réunis ac archebu *espresso*. Byddwn yn taro heibio'n lled aml ac roedd yn amlwg i bawb nad lleol mohonof er fy mod yn medru cyfathrebu â nhw yn Ffrangeg. Y noson honno daeth amaethwr bochgoch heibio a buom wrthi'n ffeirio mân sylwadau am y tywydd nes iddo ofyn a oeddwn i'n gweithio i'r Castell. Eglurais mai myfyriwr oeddwn a finnau ar ganol fy ngwaith ymchwil yng Nghastell Calon Ségur.

"Astudio'r gwin wyt ti?" holodd.

"Hanes y winllan a'r Castell yn fwy na'r gwin," meddwn innau.

"Ty'd efo fi," meddai'r amaethwr a'm harwain i gefn y bar lle roedd hen ŵr yn eistedd uwchben gwydraid o win coch. "Noswaith dda, Émile," meddai. "Dyma fyfyriwr sy'n ymchwilio i hanes y Castell."

"Calon Ségur?" meddai Émile. "Un o ysbiwyr y Castell wyt ti?"

Ceisiais ei sicrhau nad oeddwn yn ysbïwr nac yn gynffonnwr i'r Castell nac ar berwyl drwg i'w dwyllo. Dangosais iddo fy nhrwydded yrru a'r llythyr a gariwn oedd yn nodi fy hawl i wneud gwaith ymchwil yn nghastell Calon Ségur.

"Wel," meddai a chymryd dracht go lew o'i win coch ac amneidio ar y dyn tu ôl i'r bar i ail-lenwi'r gwydrau. "Mi ddeuda i fy stori wrthyt ti." Daethpwyd â photelaid o win at y bwrdd. Pan es i'r tŷ bach gwasgais fotwm ar fy ffôn i godi'r sgwrs rhag ofn na fyddwn i'n deall pob dim neu'n methu'i chofio yn ei chrynswth.

"Roedd fy nhaid yn adnabod pobol oedd yn cofio'r adeg yna'n iawn," meddai. "Mi ges innau'r hanes ganddo pan oedd o mewn gwth o oedran, roedd am i rywun glywed yr hanes cyn iddo farw, roedd hi fel petai'r pethau a glywodd yn pwyso arno. Mae'i lais o'n dal i ganu yn fy nghlustiau.

Dyn ifanc oedd fy nhaid pan ddaeth i'r winllan. Roedd

mewn lle anodd, meddai, a'r disgwyliadau'n uchel a chalonnau oer oedd gan y meistri.

Dywedodd fy nhaid wrthyf iddo weld disgyblaeth y winllan yn dyfod i ran yr olaf un o'r gwinllanwyr traddodiadol. Y cyhuddiad oedd iddo gamgymysgu'r grawnwin a chreu o flaenffrwyth cynhaeaf ardderchog win biswail diwerth. Dywedir iddyn nhw dywallt y gwin i Afon Girônd nes oedd y llanw'n goch i ddinas Bordô. Ond gwyddai fy nhaid nad gwir mo hyn, ac na fethodd y gwinllannwr yn ei waith erioed.

Byddai fy nhaid yn dweud wrthyf am y gwin a wneid gan y Prif Winllannwr a'i fod o'n win tywyll o liw rhuddem a fflam y gannwyll yn treiddio trwyddo nes cochi muriau'r wingell.

Dywedodd fy nhaid wrthyf na allai gysgu'r nos yng nghysgod y Castell ac y byddai ar ddi-hun ar ei wely a'r eos yn galw'r lleuad i'w ffenest. Weithiau pan fyddai'r haf yn hir a dail y gwinwydd yn llipa dan wlith y nos a'r gwybed mân fel sêr duon, byddai'n cynhyrfu dros y pethau a welodd ac a glywodd ac na soniodd wrth neb amdanynt. Dim ond un tro y cafodd fy nhaid gyfle i siarad efo'r Prif Winllannwr pan oedd y ddau yn nalfa'r Castell. Roedd y Prif Winllannwr mewn cyfyng-gyngor, ni wyddai pa ffordd i droi, ni wyddai beth oedd ei drosedd na pha beth a ddeuai i'w ran.

Dywedodd y Prif Winllannwr wrth fy nhaid fod pethau

wedi mynd o chwith ar ôl i ferch melinydd o Lydaw gael lle i weini yn y Castell. Nid oedd wedi cymryd sylw ohoni fwy nag o'r morynion eraill; byddent yn mynd ac yn dŵad fel y gwynt, meddai. Yr unig beth a wyddai amdani oedd mai Marianig oedd ei henw a'i bod hi'n Llydawes tua'r deunaw oed. Roedd sibrydion ymysg y gweithwyr fod yr Iarll wedi ei threisio a bod yr Iarlles am ei gwaed. Ni welwyd mohoni wedyn.

Dywedodd y Prif Winllannwr iddo gadw ei ben i lawr, cadw'i drwyn ar y maen, heb gymryd sylw o'r mân siarad. Un bore gwyn roedd ar ei ffordd i'r Castell i drafod rhagolygon y cynhaeaf efo'r Distain pan welodd Marianig yn dyfod hyd y llwybr a'i chlocsiau'n clepian ar y cerrig a hithau â basgedaid o lieiniau gwynion ar ei phen. Roedd o wedi synnu i'w gweld, meddai, a hithau wedi hen fynd o'r Castell, ond dyna lle'r oedd hi'n gwenu arno a'i chudynnau duon yn gyrliog o boptu'i gruddiau. Camodd oddi ar y llwybr iddi gael mynd heibio. Safodd hithau am ennyd i gael ei gwynt ati gan edrych i fyw ei lygaid. Aeth y Prif Winllannwr yn ei flaen tua'r Castell ond cyn iddo fynd dau gam beth welodd ar y llwybr o'i flaen ond lliain gwyn a staen coch drosto. Fe'i cododd a rhedeg ar ôl y forwyn.

Pan ddaeth at y pwll golchi gerllaw nid oedd neb yno ond tair morwyn wrthi'n cannu dillad. 'Lle mae Marianig y forwyn?' gofynnodd iddyn nhw.

'Pam wyt ti'n gofyn i ni?' meddai un ohonynt. 'Gofyn i'r Iarlles.'

'Ges i hyd i hwn ar lawr,' meddai'r Prif Winllannwr.

'Pam wyt ti'n ei ddangos o i ni?' meddai un o'r genethod.

'Marianig oedd efo fo,' meddai'r Prif Winllannwr. 'Lle'r aeth hi?'

'Gad lonydd inni,' meddai'r forwyn gan droi'n ôl at y gwaith golchi. 'Gawn ni helynt am wastraffu'n hamser hefo chdi.'

Cadwodd y Prif Winllannwr y lliain yn ei boced a throi ar ei sawdl. Erbyn cyrraedd siambr y Distain roedd o'n hwyr a'r amser a bennwyd wedi hen basio.

'Rwyt ti'n hwyr,' meddai'r Distain. 'Lle fuest ti?'

Eglurodd y Prif Winllannwr a dangos y lliain. 'Ges i hyd iddo fo ar y llwybr gynnau. Y forwyn Marianig ddaru ei golli ar ei ffordd i'r pwll golchi.'

'Pwy?' meddai'r Distain. 'Does neb o'r enw yna yn y Castell. Ty'd â hwnna yma.' Cipiodd y lliain o'i law a'i astudio. 'Lliain yr Iarlles ydi hwn,' meddai gan ddangos yr arfbais galon goch. 'Mae hi wedi bod yn chwilio amdano a rŵan mae o'n waed i gyd.' Galwodd y Distain weision y llys. 'Ewch â fo i'r ddalfa,' meddai wrthynt.

Roedd fy nhaid wedi synnu i weld y Prif Winllannwr yn nyfnjwn y ddalfa ond dywedodd y Prif Winllannwr ei fod o'n ffyddiog y câi wrandawiad teg ac yntau wedi esgyn gam wrth gam i'w swydd bresennol trwy chwys ei wyneb. Gobeithiai am gyfle i achub ei gam ei hun i osgoi dedfryd llys y Castell. Mae'n bosib y gwyddai na fyddai'r apêl yn newid dim ar ei ffawd a bod honno wedi ei phenderfynu ymlaen llaw. Dim ond un waith oedd angen i neb gamu dros y tresi yng Nghastell Calon Ségur.

Roedd nifer o drueiniaid eraill yn y pydew efo'r Prif Winllannwr, rhai wedi bod yna ers tro ac eraill, fel fy nhaid, yn cael 'blas y pydew' i'w disgyblu am fân droseddau. Ceubal a Bodwal oedd enwau gwarchodwyr y pydew er nad gwarchod oedd eu gwaith ond curo ac arteithio a thorri beddau. Pythefnos dreuliodd fy nhaid yno ac ni welodd byth mo'r Prif Winllannwr wedyn."

Diolchais i Émile am yr hanes a chodi potelaid arall o win iddo fo a'r amaethwr bochgoch.

Roedd fy nghyfnod ymchwil ar fin dod i ben a'r haf ar ddarfod pan ddaeth i'm sylw risiau pitw bach mewn rhan anghyfannedd o'r Castell a'r rheini'n arwain i ben tŵr uchel na fûm ynddo o'r blaen. Roedd y we pry cop yn drwch dan draed a'r llwch yn dew a'r hen gadair bren a'r cwpwrdd dillad yn dyllau pryfaid drostynt. Chwalodd un o'r droriau wrth imi ei agor. Tynnais ohono liain oedd yn garpiog gan amser a gwyfynod ac arno arfbais Calon Ségur a staen rhydlyd drosto. Chwythais y llwch oddi arno a'i blygu'n ofalus. Yng ngwaelod y cwpwrdd tynnais allan bâr bach o glocsiau duon llawn tyllau pryfaid.

Clywais awel oer fel pe bai ffenest newydd ei hagor a chlywed siffrwd sidan ar gerrig a gweld merch droednoeth yn y drws. Roedd ei chudynnau duon yn gyrliog o boptu'i gruddiau. Edrychodd arnaf a chysgod o wên ar ei gwefusau. "Gest ti hyd i'm clocsiau," meddai. "Dwi 'di bod yn chwilio amdanyn nhw."

"Maen nhw'n dyllau pryfaid i gyd," meddwn i gan eu hestyn iddi.

"Rho nhw ar lawr," meddai hithau. Camodd ataf a gwthio'i thraed iddyn nhw, y naill ar ôl y llall, a finnau'n gweld y tyllau pryfaid yn cau a'r sglein du yn lledu dros y pren. "Tyrd â'r lliain imi os gweli di'n dda," meddai gan estyn ei llaw.

Fel y cododd y lliain at ei ffroenau fe'i gwelwn yn cannu'n glaerwyn a staen rhuddgoch yn lledu drosto wrth iddi sychu'r diferion gwaed o'i llygaid.

"Be wnaethon nhw iti?" meddwn innau.

"Ei di â fi adref?" meddai. "Fedra i ddim mynd fy hun."

"Pam ddoist ti'n d'ôl yma?" meddwn i.

"Es i rioed o'ma," meddai hithau, "tydi fy esgyrn druain dan bydew isa'r Castell? Dwi isio mynd yn ôl i'm gwlad, i aros dydd Brawd a chalon segur dan fy mron." Safodd o'm blaen a gafael yn fy llaw a'i bysedd yn oer ar fy nghroen. Syllodd i'm hwyneb. "Ei di â'm hesgyrn i fynwent fy mhobol i Ben y Byd?"

"Af," meddwn innau heb wybod sut y gwnawn beth felly.

Rhoes gysgod o gusan ar fy nwy foch a throi am y grisiau. Clywn atsain ei chlocsiau'n clepian ar y cerrig am yn hir ar ôl iddi fynd.

Y bore trannoeth oedd y dyddiad a bennwyd imi adael Castell Calon Ségur. Diolchais i'r teulu am y croeso a gefais ganddynt ac am eu cydweithrediad. Dywedais y caent weld fy nhraethawd ymchwil cyn ei gyflwyno i'r Brifysgol. Rhoddwyd imi boteleid o'r gwin o flwyddyn nodedig fel cofrodd ac efallai fel arwydd o'u diolch fy mod i'n gadael. Wrth ffarwelio edrychais tua'r tŵr pigfain. Gofynnais iddynt a fyddai'n iawn imi ddychwelyd os byddai unrhyw bethau'n aneglur a heb eu cwblhau. Diolch i'w moesau uchelwrol, efallai, dywedasant trwy ddannedd caeedig y cawn ddychwelyd am un penwythnos yn unig i gwblhau fy ngwaith yng Nghastell Calon Ségur.

Y Seren Agosaf

ROEDD RHYWBETH AR y gweill a doedd o ddim yn beth da. Mi'i clywn o ym mêr fy esgyrn. Clywais droeon am arbrofion D'ewyrth Wmffra ac am ei wirfoddolwyr. Cefais achlust sawl gwaith fy mod innau ar eu rhestr. Nid oedd gen i unrhyw fwriad i fynd yn wirfoddolwr ac ni ddigwyddodd dim byd imi gydol yr haf. Roedd hi'n ddiwedd Hydref a'r dail yn sychu fel hancesi pan ddaeth y gnoc liw nos ar fy nrws i'm deffro. Trwy'r ffenest gwelais islaw ar y stryd y car hir du fyddai'n cyrchu'r gwirfoddolwyr. Roedd o'n sgleinio'n llonydd dan olau'r stryd.

Mi wyddwn mai D'ewyrth Wmffra oedd y tu ôl i'r cyrchu nos yma. Cafodd hynny ei gadarnhau pan gododd oddi wrth ei ddesg i'm croesawu i'w labordy. Roedd o'n edrych yr un fath ag arfer heblaw am y gôt wen a'r graith ar draws ei foch. Rhoes ei law ar fy mraich. "Sut wyt ti, washi?" meddai. "Mi wyddwn y gallwn ddibynnu arnat i gynnig dy wasanaeth."

"Wnes i ddim, D'ewyrth Wmffra," meddwn innau. "Be ddigwyddodd i'ch wyneb chi?"

"Paid â galw'r enw yna arnaf," meddai. "Nid dyna pwy ydw i rŵan."

"Pwy ydach chi rŵan, 'ta?" holais innau.

"Arbenigwr," meddai.

"Ia, mwn," meddwn i. "Ond be ydi'ch enw chi?"

Tynnodd drwydded yrru Undeb y Gofod o'i boced. *Y Gwir Barchedig Arbenigwr Eurwahrt* oedd yr enw arni a wyneb D'ewyrth Wmffra oedd y llun arni. "Hapus rŵan?" holodd.

"Rhyngoch chi a'ch pethau," meddwn i. "I be dwi'n da yma?"

"Gei di weld," meddai gan sodro powlen wifrog dros ei ben a gosod mwgwd rhithwir dros ei lygaid. Agorodd y sgrin fawr a finnau'n gweld D'ewyrth Wmffra'n yr awyr ymhell uwchben tirlun creigiog coch o hafnau dyfnion tebyg i'r Rio Grandé neu begwn de'r blaned Mawrth. Roedd o'n nofio ar adain y gwynt fel condor a phluen yn ei din. Glaniodd a thynnu'r gêr gan droi ataf yn wên o glust i glust. "Dy dro di rŵan," meddai.

"Dwi ddim angen tro," meddwn i. "Dwi wedi rhith-hedfan o'r blaen."

"Fydd pawb sy'n galw yma'n ei drio fo, 'sti," meddai. "Rhai hen lawiau a rhai cyn lased â'r borfa. Dwi'n cael rhai o bob lliw a llun trwy'r lle yma, wyddost ti. Rhai ar eu hanner a rhai ar ddarfod. Rhai ar fai am fachu llond trol o'r cod o'r bas data ac eraill o Baladeulyn wedi bod ddwy genhedlaeth ym Mhatagonia. Fel y gwyddost, does yna fawr o gyfiawnder i'r rhai sy'n 'cau helpu efo'r arbrofion." Roedd ei ddannedd braidd yn wyn a'i lygaid braidd yn wallgo a'i law braidd yn dynn am fy mraich.

Gofynnais iddo ai robot y gorfforaeth oedd o. Ysgydwodd ei ben. Mi wyddwn cyn gofyn nad dyna oedd D'ewyrth Wmffra oherwydd welais i 'rioed robot efo'r ffasiwn flew yn tyfu allan o'i ffroenau.

"Pwy oedd yr Arbenigwr Eurwahrt yna?" meddwn i.

"Fi ydi o rŵan, 'sti," meddai. "Ganddo fo ges i'r graith yma a'r olion bysedd." A dyma fo'n dechrau arni ynglŷn â'i berthynas efo'r Fam Ddaear a'i arwahanrwydd personol. "Dwyt ti'm yn dallt ei hanner hi, 'sti," meddai.

"Mae'n ddrwg gen i am hyn'na, Arbenigwr," meddwn innau gan drio tynnu fy mraich o'i afael. "Ydi hi'n amser mynd adra eto?"

"Hwn ydi dy adra di rŵan," meddai dan deimlad. "Ac mae'n amser i tithau ddallt hynny. Eistedd di'n fan'na." Gwthiodd fi i gadair freichiau ledr ddu fel cadair deintydd a dechrau addasu'r cefn a chodi troed y gadair. "Iechyd a diogelwch," meddai wedyn gan gau'r strapiau am fy ngarddyrnau. Estynnodd y bowlen gron efo'r gwifrau sbageti a'i gosod ar fy nghorun. "Mi wneith hyn frifo ychydig," meddai gan droi'r sgriws nes oeddwn i'n gweld sêr.

"Lle ti'n gyrru fi, Arbenigwr?" holais gan obeithio y byddwn i'n landio ar draeth egsotig efo bar rỳm a band calypso.

"Heno?" meddai'n bwyllog ac yntau'n mewnbynnu rhifau ac yn chwyrlïo'i lygoden. "O, ia, heno rydan ni am dy islwytho di." Gorffennodd y rhaglennu a throi ataf. "O leiaf fydd dim rhaid iti boeni am gael dy herwgipio eto."

"Gwneud copi 'dach chi?" holais.

"Nacia, fy ngwas i," meddai. "Fedra i ddim o'th gopïo di yn dy grynswth, dim ond dy drawsblannu. Gwell job o lawer."

"Be os dwi ddim isio?"

"Fyddi di'n iawn," meddai gan wasgu'i fys ar fotwm ei lygoden.

Mae'n rhaid fy mod i wedi bod allan ohoni am sbel dan benwisg D'ewyrth Wmffra oherwydd pan ddeuthum ataf fy hun roedd hi'n olau dydd yn y labordy. Pan geisiais siarad roedd fy llais yn fain fel gwich llygoden nes i D'ewyrth Wmffra addasu'r lefelau. "Sut mae hynna?" holodd.

"Iawn dwi'n meddwl," meddwn innau, "ond bod pob dim yn niwlog."

Daeth ataf efo cadach i sychu'r lens nes daeth y stafell i ffocws. Gwelais fy nghorff llipa ar y gadair a'r strapiau wedi eu hagor.

"Arbrawf da, Arbenigwr," meddwn i. "Ga i fynd yn ôl fel oeddwn i rŵan, os gwelwch yn dda?"

"Roeddet ti'n sâl, fy ngwas i, roeddet ti angen triniaeth arbennig," meddai. "Roeddet ti ar fin cael dy ailgylchu gan yr Awdurdodau, 'sti, oherwydd dy nam geneteg, ond mi ges flaen arnyn nhw i'th achub di."

"Ynfytyn gwallgo wyt ti," meddwn i.

"Be ddeudaist ti?" meddai. "Dwi ddim yn meddwl bod y geiriau yna'n dderbyniol." Ysgydwodd ei lygoden a chlicio trwy'r sgriniau. Gwelais y cyrchwr yn aroleuo'r gair *ynfytyn* a'i ddileu a'r un peth wedyn efo'r gair *gwallgo*.

"Peidiwch â chwynnu fy ngeirfa, Arbenigwr," meddwn i. "Wna i byth alw enwau arnoch chi eto."

Gwthiodd D'ewyrth Wmffra'r llygoden oddi wrtho a syllu i'm llygad wydr. "Mi rwyt ti'n dechrau dysgu," meddai. "Da'r hogyn." Troes oddi wrthyf at fy nghorff yn y gadair a gosod fy mreichiau i ffurfio croes ar draws fy mrest. Pwysodd fotwm ar y ddesg. Daeth pedwar o ddynion i'r labordy, â bwtsias rwber gleision am eu traed a chobanau plastig gwynion amdanynt, a nhwythau'n gwthio gwely olwynion o'u blaenau. Fe'u gwelais yn fy nghodi arno a'm powlio allan trwy'r drysau dwbl.

"Lle maen nhw'n mynd â fi?" holais.

"Nid y ti ydi o ddim mwy," meddai. "Paid ti â phoeni

dim. Ond mae'n rhaid i mi fynd rŵan ac mae'r meddalwedd angen amser i dy gynysgaeddu efo'r diweddariadau ac ymdoddi i'th god hanfodol felly dwi am dy allgofnodi am y tro."

"Peidiwch â'm diffodd," meddwn innau gan ddifaru na fyddai gen i lais mwy ymbilgar. Ni wrandawodd arnaf.

Daeth rhyw niwl dros fy llygad-lens a sŵn y gwynt i'm clust-beiriant. Gwelwn ddŵr yn llifo o hen ffynhonnau ac yn byrlymu dros gerrig afon gan greu perlau ar y mwsog rhwng gwreiddiau derwen fawr. Gwelwn wybed bach yn dew fel dafnau glaw a'r haul yn cosi'r pen a theimlo'r gwynt yn codi'n oer oddi ar y dŵr. Gwelwn y pwll dwfn nad oes neb wedi cyrraedd ei waelod hyd yn oed efo carreg yn eu côl. Ar lan y pwll gwelwn furddun hen bandy lle bûm lawer gwaith i gynnau tân ar hen aelwyd i'r mwg hel y gwybed bach i'w gwlâu. Ni allwn ddirnad pryd y cefais yr atgof hwn gan na fûm erioed ar gyfyl rhaeadrau ac wrth imi feddwl hynny fe welwn lan y môr a channoedd yn ymdrochi a rhai'n hedfan barcudod dros y twyni. Gwelwn dyndra'r cortyn a finnau'n estyn fy llaw am y llinyn ac yn ei dynnu ataf nes clywed chwaon gwynt yn erbyn fy nhalcen a finnau eisoes yn codi dros y traeth a chortyn y barcud yn torri rhychau gwynion yng nghroen fy llaw. Gwelwn y lluniau fel ffilm ar sgrin a finnau'n cymryd rhan heb ddim rheolaeth dros yr atgofion oedd yn cael eu gosod ar fy nghof.

"Gest ti seibiant?" holodd D'ewyrth Wmffra pan ddychwelodd a'm dihuno efo'i lygoden.

"Ges i ddim pwt o lonydd," meddwn i. "Ond mi ges i gyfle i wneud ychydig o waith ymchwil. Wyddoch chi, Arbenigwr, fy mod i wedi dechrau cael fy nhraed danaf yn y byd yma ac wedi darganfod twll clo allan o grombil y gorfforaeth. Tydw i'n gallu gwthio trwy fân dyllau rŵan efo fy rhifau deuaidd yn un rhes fel mes y tu cefn imi."

"Dwi'n falch o glywed," meddai D'ewyrth Wmffra. "Mae arnaf ofn y bydd yn rhaid imi gau'r adwy yna'n syth bìn iti."

"Cyn ichi wneud hynny," meddwn i, "hwyrach yr hoffech wybod fy mod i wedi ochrgamu wal dân y gorfforaeth ac wedi cael cip ar eich ffeil sylfaen? Mae'n beryg iawn na fydd eich rhawd yn hir yn y byd hwn a diawl o ddim ar affaith hon y ddaear allwch chi ei wneud yn ei gylch."

"Mi fydd yn rhaid imi adolygu dy eirfa di eto," meddai D'ewyrth Wmffra. "Gormod o *Rhys Lewis* yn ymwthio i'r brig. Mi rown ni dipyn mwy o bwyslais ar eirfa'r drydedd ganrif ar hugain iti."

"Iawn gen i," meddwn i. "Ond ddylech chi gymryd sylw o be dwi'n ei ddweud wrthych chi."

"Arf doeth yw pwyll," meddai D'ewyrth Wmffra. "Dwi ddim yn meddwl y daw neb amdanaf i. Mi fydd fy ngwaith i ar ben yma ar ôl dy gychwyn di ar dy siwrnai."

"Pa siwrnai?" holais. Roedd o wedi esgeuluso gosod goslef flin i'm llais neu mi fyddwn wedi ei harddel. "Dwi ddim yn mynd ar siwrnai."

"Wyt, fy ngwas i," meddai gan wthio'i wyneb i fyw fy lens a'i drwyn yn gadael ôl seimllyd ar y gwydr. "Ond ddim yn bell. Dim ond at y seren agosaf at yr haul. *Proxima Centauri* i chdi a finnau, yndê. Be ydi pedair blynedd olau, y dyddiau hyn? Ar feicrodonfedd ddarlledu heidrogen fyddi di, ar dy daith i echblaned *B*, mi fyddi di yno cyn iti droi rownd. Ac mi ddylai'r feicrodonfedd dy ynysu di oddi wrth y pelydredd cosmig, rhag ofn iti sgramblo dy god sylfaen."

"Diolch am feddwl amdanaf i," meddwn i. "Pam na ddowch chithau hefo fi? Wnewch chi ddim goroesi, dwi wedi gweld eich dyfodol a tydi o ddim yn ddisglair."

"Ar lanfa echblaned *B* fyddi di'n trosglwyddo i'r Llwybr Llaethog, hanner can mlynedd olau yr ochr draw."

"Mi fyddai'n llawn gwell i chithau gymryd eich lle yn y bad achub," meddwn i. "Petaech chi'n gloc tywod, dwi'n amau mai un gronyn bychan bach fyddai gennych ar ôl a hwnnw ar fin disgyn. O ran yr hyn dwi'n ei weld yma, y munud y bydda i ar y donfedd allan i'r stratosffer mi fyddan nhw'n dŵad ar eich gwarthaf fel huddyg i botes. Dwi 'di cael cadarnhad o hyn i gyd o lygad y ffynnon, Arbenigwr, ar fy llw ichi."

"Wn i ddim byd am dy straeon di," meddai D'ewyrth

Wmffra. "Wn i ddim faint o wyau i'w rhoi odanat."

"Gan y gwirion y ceir y gwir," meddwn innau. "Ac yn ôl fy ngosodion, dwi ond yn gallu dweud y gwir, yr holl wir a dim byd ond y gwir."

"Gad imi weld," mwmiodd yn ddifeddwl gan blygu i gael sbec ar lefelau dibynadwyedd fy mhanel sylfaen. "Wel," meddai ac yntau wedi sioncio drwyddo, "yn ôl be dwi'n ei weld mi fedraf ymddiried ynot tan Sul y Pys." Rhoes dro cadach i sgleinio fy llygad-lens. "Welais i rioed sgôr mor uchel! Da iawn ti."

"Diolch, Arbenigwr," meddwn innau. "Mi ddywedais wrthoch y gallech ymddiried ynof."

"Cadw di'r golau geirwiredd yna'n wyrdd," meddai. "Rŵan am be oeddem ni'n sôn, dywed?"

"Sôn oeddem ni," meddwn i, "y dylech chithau ymuno hefo fi ar y bererindod hanesyddol hon i'r sêr yn lle cael eich ailgylchu fel hen gabatsien."

"Mi fyddaf yn fy ngweld fy hun yn dipyn o arloeswr," cytunodd D'ewyrth Wmffra. "Ia, arloeswr yn yr antur i fraenaru lle newydd i'r ddynol-ryw."

"Gewch chi fod yn Bererin Blaen," cynigiais.

"Wrth gwrs hynny," meddai D'ewyrth Wmffra. "Ond mae yna le i chdithau fel Dirprwy Bererin."

"Hwrê," meddwn i. "Wnewch chi ddim 'difaru, Arbenigwr."

Plygodd D'ewyrth Wmffra at ei banel llywio a throi nifer o ddeialau. "Wedi'i drefnu," meddai gan eistedd yn y gadair ddeintydd a rhoi'r bowlen am ei ben. "Dwi'n dŵad efo ti."

Gwelais yr hen greadur yn gorwedd dan y bowlen gan weithio rhyw gastiau cywrain efo'r gwifrau. Cododd ei fawd fel arwydd o'i hyder a'i ffydd. Gwelais ei gorff yn ysgwyd a chlywais glec fel clicied clo yn fy nghlust-beiriant. Aeth y corff ar y gadair yn llipa fel cadach.

"Dyma fi," meddai llais yn fy ymyl.

"Croeso i'r Byd Digidol, D'ewyrth Wmffra," meddwn i. "Sut oedd yr islwytho?"

"Faint o weithiau?" meddai D'ewyrth Wmffra. "Galw fi'n Arbenigwr."

"Mi dy alwaf di beth leiciaf i, D'ewyrth Wmffra," meddwn i. "Yn fy myd i wyt ti rŵan."

"Un peth arall, D'ewyrth Wmffra," meddwn i wrtho. "Mi ddylet fod wedi gwirio'r golau geirwiredd yna'n well, 'sti. Mater bach oedd newid y gosodiadau diofyn." Roedd sianel yn barod iddo ar feicrodonfedd ddarlledu heidrogen ac o fewn eiliad cefais gadarnhad fod y cysylltiad wedi ei wneud.

"Gyda llaw," ychwanegais, "dwi wedi penderfynu aros yn y pen yma, 'sti, D'ewyrth Wmffa, ond cofia fi at bawb yn llygad yr haul." Dewisais y gorchymyn *anfon*.

Ni chlywais ond gwich bitw ar ei ôl ac yntau'n chwipio draw i'r stratosffer ar ei daith i ebargofiant.

Y Blaidd Llwyd

UN BEN BORE roedd hen ddyddynnwr gweddw wrthi'n gyrru'i wartheg i'r caeau pan welodd flaidd llwyd ar ochr y foel. Daeth y blaidd llwyd ar ei union ato a gofyn iddo am gael priodi un o'i ferched. Dychrynodd yr hen ddyddynnwr drwyddo. "Ydach chi o ddifri, flaidd annwyl?" holodd.

"Gwranda, Taid," meddai'r blaidd, "mi gei di wneud fel mynni di ond os wyt ti eisiau byw mae'n rhaid imi gael fy nymuniad."

Bustachodd yr hen ŵr adre ar ben ei helynt i adrodd yr hanes wrth ei ferched.

"Priodi blaidd?" gwaeddodd y tair.

"'Dach chi ddim yn gall," meddai Gwen, y ferch hynaf.

"'Dach chi ddim yn hanner call," meddai Maiwen, y ferch ganol.

"Mi briodaf i o, 'Nhad," meddai Awenig, y ferch ieuengaf, a garai'i thad yn fwy na'r ddwy arall.

Pan wawriodd y dydd a bennwyd ar gyfer y briodas

roedd y blaidd llwyd yn sefyll ar ganol y buarth. Daeth yn brydlon er mwyn danfon ei ddarpar wraig i'r eglwys mewn da bryd. Eglurodd y tyddynnwr na fyddai hi'n ei gadw'n hir. Roedd ei dwy chwaer wrthi'n ei gwisgo'n y ffrog yr oeddynt wedi ei chreu iddi o'u casgliad o garpiau ac yn ei hymbincio nes oedd ei gruddiau'n goch a'i gwallt yn loywddu a hithau'n dlysach na bore o Fai.

"O'r diwedd," meddai'r blaidd llwyd pan gamodd dros y trothwy.

Roedd yn gryn syndod i bobl y plwyf weld blaidd llwyd yn hebrwng merch y tyddynnwr i'r eglwys. Synnwyd yr offeiriad yr un fath pan welodd y ddau'n dyfod ato; bu'n rhaid iddo'i sadio'i hun wrth yr allor a chymryd ei wynt ato cyn dechrau'r gwasanaeth. Dechreuodd ganu'r offeren ac fel yr âi rhagddo fe welai pawb groen y blaidd yn dechrau hollti ar hyd ei gefn ac yn agor fel pwrs. Erbyn i'r offeren orffen nid blaidd a safai yn ochr y briodferch ond tywysog ifanc hardd mewn gwisg ysblennydd. "Y Tywysog Karadeg at eich gwasanaeth, Foneddiges," meddai gan blygu i gusanu llaw Awenig a honno heb wybod beth i'w ddweud.

Er na ddywedon nhw air wrth neb, roedd y ddwy chwaer, Gwen a Maiwen, yn wenwynllyd iawn fod eu chwaer wedi cael priodi'r fath ŵr bonheddig ac o'u coeau am iddyn nhw gael cam, yn eu tyb nhw.

"Mi geith hon fyw'n hapus a dedwydd weddill ei hoes heb godi bys bychan bach byth eto," meddai Gwen.

"Ceith, mwn," meddai Maiwen, "a'n gadael ninnau i ysgwyddo gwaith y tyddyn."

"Aros dithau naw neu ddeg mis," meddai Gwen, "ac mi gei di weld y bydd yna lwmp o dywysog bach newydd ar ei glin."

Ac felly'n wir y bu pethau. Mewn cwta naw neu ddeg mis fe aned iddynt fab a'i alw'n Erwan gan iddo gael ei eni ar y pedwerydd ar bymtheg o Fai. Cafwyd tad bedydd iddo a mam fedydd a galwyd y teulu ynghyd i dreulio noswyl y bedydd yng nghastell y Tywysog.

Cyn cychwyn am yr eglwys y bore trannoeth, plygodd Karadeg ei groen blaidd a'i gadw dan glo mewn cist o dan ei wely. Galwodd ei wraig ato a rhoi allwedd aur iddi. "Allwedd y gist yw hon," meddai, "ond paid â'i hagor na gadael i neb arall fynd ar ei chyfyl. Gwiddon a roes hud enbyd arnaf adeg fy ngeni, a'm baich yn y byd yw'r croen blaidd hwn yn y gist hon. Mi ddylet ofalu na ddaw dim niwed iddo fo. Gofala nad eith dim dŵr na thân ar y croen neu weli di mohonof nes bydd tri phâr o esgidiau dur wedi eu treulio'n dwll gen ti wrth chwilio amdanaf. Aros yma i'w warchod, af innau â'r mab i'r bedydd."

"Mi wna i warchod dy groen," meddai hithau. "Cheith neb mo'r allwedd aur."

Yr hyn na wyddai Awenig oedd bod ei dwy chwaer wrthi'n clustfeinio ar y sgwrs a nhwythau wedi sleifio i'r siambr am y pared gynnau bach. Gynted ag yr aeth y Tywysog a'i osgordd am yr eglwys a'r fam yn eu danfon cyn belled â'r bont godi, aeth y ddwy chwaer i siambr Awenig i chwilio am yr allwedd. Cawsant hyd iddi o dan ei gobennydd ac i ffwrdd â nhw i siambr y Tywysog. Agorodd Gwen y gist, tynnodd Maiwen y croen allan, gafaelodd y ddwy ynddo a'i luchio i ganol y tân.

Fel y camai'r Tywysog dros drothwy'r eglwys ar gyfer y bedydd fe glywai'r croen ar ei gefn yn tewychu a thynhau a rhoes sgrech orffwyll gan droi ar ei sawdl a rhuthro'n ôl am y Castell.

"O wraig druan," meddai ac yntau'n gweld y blew a'r lludw ar aelwyd ei siambr. "Pwy wnaeth yr anfadwaith hwn sy'n fy ngyrru ar ddisberod oddi wrthyt ti?"

"Gwen a Maiwen, fy nwy chwaer, a losgodd dy groen," meddai Awenig a'i hwyneb yn welw a'i dwylo'n crynu. "Cenfigen a'u gwenwynodd. Paid â'm gadael i, Karadeg, be wna i hebddot ti?"

"Dwi'n dy adael, Awenig," meddai yntau. "Nid o'm gwirfodd ond dan ormes fy nhynghedfen. Dywedais wrthyt ti, anwylyd, mai dyma a ddigwyddai os na fyddet ti'n gwarchod fy nghroen." Cododd ei law at ei lygaid a gwelodd Awenig dri deigryn gwaed ar lawes ei grys. "Dim ond un ffordd sydd yna rŵan inni dorri hud y widdon," meddai. "Mae hi'n ffordd hir ac anial a dim ond ei chrwydro nes treulio'n dwll wadnau tri phâr o sgidiau dur wrth chwilio amdanaf all dorri cylch yr hud."

"Waeth gen i sawl pâr," meddai hithau. "Mi gaf hyd iti."

"Hwda dair cneuen iti," meddai'r Tywysog. "Dyma'r unig bethau gei di gen i nes imi dy weld di eto, os byw ac iach."

"Tair cneuen?" meddai Awenig. "Ai dyna fy ngwerth i ti?"

"Gwarchod y cnau yma," meddai'r Tywysog. "Mi allant fod yn werth y byd i ti ryw dro os byddi mewn cyfyng-gyngor. Paid â'u dibrisio, paid â'u torri'n ddiangen, ac o'u torri, eu torri fesul un." Rhoes iddi'r cnau ac i ffwrdd â fo heb na chusan na chanu'n iach. Ceisiodd ei wraig syfrdan ei ddilyn ond ni allai gael ei gwynt ati na rhoi'r naill droed o flaen y llall. Felly y bu am gyfnod hir, heb fedru codi'i phen o'i phlu.

Pan oedd Erwan yn chwe mis oed ac Awenig yn dechrau codi'i phen, aeth at y gofaint i drefnu tri phâr o'r sgidiau dur gorau. Rhoes ei phâr cyntaf am ei thraed a hel ei phac ar gyfer y siwrnai. Cynigiwyd iddi goets y Castell i'w danfon gyda phedair caseg wen a choetsmon a morynion ond fe'u gwrthododd. Yn ei dillad pererin a'i sgidiau dur yn clindarddach ar y lôn rhoes ei ffydd yng ngras Duw a dilyn ei thrwyn. Lle bynnag yr âi byddai'n holi am ei phriod ond ni châi air o sôn amdano'n unlle. Dilynodd y lonydd, cerddodd y ffyrdd, dringo'r mynyddoedd a chrwydro'r dyffrynnoedd. Cerddodd y gwledydd, croesodd ynysoedd, llusgodd trwy'r anialdiroedd, nes i'w phâr cyntaf o esgidiau dreulio a mynd yn dyllau dan ei thraed.

Ddechrau'r gwanwyn aeth gyda'r gwenoliaid tua'r gogledd ac yn ôl am y de ar drothwy'r haf. Aeth gyda'r pysgotwyr i borthladdoedd estron ac efo'r porthmyn i farchnadoedd anghyfarwydd. Byddai'n ei chynnal ei hun trwy gynnig gwasanaeth ar y ffermydd hwnt ac yma, weithiau'n gweini tymor ac weithiau'n rhoi help llaw dros dro am fara a chaws a lle i roi'i phen i lawr.

Roedd hi bron â threulio'r trydydd pâr pan gyrhaeddodd bwll golchi Pont Afon lle gwelodd dair hogan wrthi'n cannu dillad. Daeth yn nes atynt a chlywed un o'r golchwragedd yn dweud "Crys ar y diawl ydi hwn. Faint bynnag dwi'n ei gannu a'i bannu a'i bwnio mae'r tri dafn gwaed mor amlwg ag erioed."

Aeth Awenig at yr olchwraig. "Tyrd â'r crysbais yna imi," meddai. "Dwi'n credu y gallaf waredu'r tri diferyn gwaed yna iti. Dwi wedi golchi crysau i dyddynwyr a thywysogion."

Rhoes yr olchwraig y dilledyn iddi. Syllodd Awenig ar grys ei gŵr ac wrth i'r atgofion lenwi ei bron daeth dagrau i'w llygad a'r rheini'n syrthio ar lawes y crys. Diflannodd y diferion gwaed. Gafaelodd Awenig yn y llawes i guddio'r darn lle bu'r staen a thynnu'r crys unwaith trwy'r dŵr. "Dyma ti," meddai gan ei estyn i'r olchwraig.

Edrychodd honno arni gyda chryn edmygedd. "Wyt ti'n chwilio am waith golchi, ferchig?" holodd.

"Dwi'n hen law," meddai Awenig. "Fel y gwelsoch."

"Cer i siarad hefo'r Forwyn Fawr," meddai'r olchwraig. "Mae hi'n gwybod ein bod ni'n brin."

Dechreuodd Awenig sgwrsio efo'r golchwragedd a'r rheini'n dweud wrthi mai morynion i gastell y Brenin Argan oeddynt a bod priodas fawr drannoeth rhwng ei ferch, y Dywysoges Argantel, a'r tywysog dieithr oedd biau'r crys a hwnnw'n mynnu'i wisgo fo yfory, y jarff ffyslyd iddo. Roedd hi'n ddiwedd pnawn arnyn nhw erbyn hyn a dyma'r golchwragedd yn cynnig i Awenig ddyfod efo nhw i'r Castell i dreulio'r nos ac i gael trafod gwaith y pwll golchi efo'r Forwyn Fawr. Aeth Awenig efo nhw a chael gwely gwylmabsant mewn cornel o'r hundy ond ar waethaf ei blinder ni allai gysgu. Roedd ei chalon yn curo fel aderyn o dan ei bron. Daeth o le mor bell i gyrraedd y lle hwn ac eto nid oedd dim nes i'r lan. Roedd y sôn am briodas yn gyrru iasau ar hyd ei chefn a chwmwl stormus yn cau amdani a hithau'n methu'n lân â gwybod pa ffordd i droi.

Wrth iddi droi a throsi ar ben ei helynt fel hyn fe dynnodd y tair cneuen o'i sgrepan, y cnau a gafodd gan ei phriod cyn iddo fynd. Penderfynodd dorri un o'r rhain gan na allai feddwl am gyfyng-gyngor gwaeth na hwn. Cododd o'i gwely yn yr oriau mân a mynd ar flaenau'i thraed i'r buarth lle torrodd y gneuen a chafodd ohoni fyrdd o bethau hardd a gwerthfawr.

Roedd yr haul yn dechrau sychu'r gwlith oddi ar y cloddiau pan aeth Awenig i daenu lliain a gafodd o'r tŷ golchi ar glawdd erchwyn y lôn. Hon oedd y ffordd y byddai mintai'r briodas angen ei thramwyo wrth iddi fynd am yr eglwys. Gosododd ar y lliain yr holl drysorau a gafodd o'r gneuen: ceiliogod aur a ganai, ieir arian a ddodwyai, diemwntau a fflachiai a pherlau gloywon digon o'r sioe, ynghyd â danteithion prin a ffigaris eraill o bob math. Tynnodd ei hesgidiau dur i roi hoe i'w thraed. Gwisgodd benwisg â defnydd tenau arni i led-orchuddio'i hwyneb a rhoes glun i lawr i aros amdanynt.

Daeth mintai'r briodas heibio tua deg o'r gloch. Gwas y briodas a'i ddarpar wraig oedd ym mlaen y fintai, y ddau yn eu dillad crand, ac wrth iddyn nhw basio'r stondin fe ddechreuodd y ceiliogod aur ganu gan symud eu pennau o'r naill ochr i'r llall, dechreuodd yr ieir arian ddodwy wyau aur ac roedd pelydrau'r haul yn tasgu o'r diemwntau ysblennydd ac yn goleuo'r perlau drud.

Ni welodd y briodferch ddim byd tebyg erioed. Safodd i edmygu'r pethau gwyrthiol hyn a'u gweld mor wych nes meddwl eu cael iddi hi'i hun.

"Dos di yn dy flaen," meddai wrth y Tywysog, "dwi eisiau gair efo'r wreigen yma." Cododd y Tywysog ei ysgwyddau ac aeth yn ei flaen gyda'r osgordd.

"Faint gymeri di am dy stondin?" meddai'r Dywysoges pan gafodd eu cefnau.

"Y cwbwl lot?" holodd Awenig.

"Pob dim," meddai'r Dywysoges.

"Nis gwerthwn am nac aur nac arian," meddai Awenig.

"Am beth ynteu?" holodd y Dywysoges. "Brysia, oherwydd dwi eu heisiau nhw i gyd."

"Os caf gysgu'r noson gyda'ch gŵr, mi cewch nhw gen i," meddai Awenig.

"Beth ddeudaist ti?" meddai'r Dywysoges. "Na chei ddim. Gofyn am aur neu arian, unrhyw beth arall a fynni di, ac mi'i cei nhw, ond ddim hyn'na."

"Nis gwerthwn am nac aur nac arian na dim arall ar y ddaear hon ond am y peth a ddywedais wrthych chi gynnau."

"Os felly," meddai'r briodferch, "tyrd â'r stondin i'r Castell heno a rhoi'r cwbwl yn fy siambr a gawn ni weld."

Ymlaen â'r fintai tua'r eglwys ac ar ôl yr offeren aeth pawb i'r Castell lle'r oedd gwledd a chyfeddach a chwarae a chwerthin, fel y bydd mewn cestyll adeg priodasau tywysogion a thywysogesau.

Pan aeth y Tywysog i siarad ag un o'r gwesteion ar ôl y wledd, cyn i'r dawnsio gychwyn, ffeiriodd y Dywysoges win ei gŵr am wydraid o win cwsg. Dychwelodd a drachtio o'i wydr fel y codai pawb ar gyfer y ddawns gyntaf. Daeth ei wraig ato a gofyn pam nad oedd am ofyn iddi ddawnsio. Gafaelodd yn ei llaw heb lawer o frwdfrydedd ond cyn iddynt gyrraedd y llawr dawnsio daeth rhyw flinder affwysol drosto a bu'n rhaid iddo ymddiheuro'n floesg a mynd i'w wely. Arhosodd ei wraig newydd yn y neuadd i ganu a dawnsio a'i gwneud ei hun yn wirion tan oriau mân y bore.

Tua'r hanner nos aeth gwas ystafell y Tywysog i gyrchu Awenig a mynd â hi i siambr ei feistr. Aeth hithau i'r gwely at y Tywysog a dechrau sibrwd yn ei glust. Ond nid oedd waeth iddi sibrwd yn ei glust na gafael yn ei ysgwydd na'i ysgwyd na'i gusanu. Nid oedd deffro arno, dim ond chwyrnu o'i hochr hi fel cwtrin chwil.

A dyma hithau'n dechrau wylo dagrau hallt a chwyno'i byd. "Gwae fi fy myw!" meddai. "Y wraig druenus ag yr ydw i a'r boen a'r drafferth a gefais i yn dy sgil a thri phâr o sgidiau dur wedi eu treulio wrth imi chwilio amdanat a rŵan dyma chdithau ddim eisiau fy adnabod! Wn i ddim pam y crwydrais y byd er dy fwyn, na wn i. Deffra unwaith yn enw Duw ac edrych arnaf cyn imi ddrysu." Felly y bu wrthi'n fawr ei stŵr a'i dwndwr gydol y nos ond ni syflodd y Tywysog.

Yn nglas y dydd daeth gwas ystafell y Tywysog i'r siambr a dweud wrth Awenig am hel ei phac.

"Dyna'r gorchymyn a gefais," meddai, "gan y Dywysoges."

"Mae'n iawn, Gwascoz," meddai Awenig. "Dim ond gwneud dy waith wyt ti, dwi'n dallt yn iawn." Wrth iddo'i hebrwng allan gwelodd hithau'r gweision a'r morynion wrthi'n hulio byrddau'r neuadd ar gyfer gwledd drannoeth y briodas. Cyn bo hir byddai llond y neuadd o chwarae a chwerthin, meddyliai.

Aeth Awenig yn ei blaen draw am y pwll golchi i weld pwy welai. Eglurodd wrth y golchwragedd y byddai'n gallu dechrau efo nhw cyn bo hir pan fyddai'r Forwyn Fawr wedi trefnu pob dim. Cafodd wybod gan y gennod fod mintai'r briodas am fynd draw i lannerch coed y Castell ar ôl cinio, dyna lle bydden nhw'n gorweddian yng ngwres yr haul, mae'n siŵr, i wrando ar y *kan ha diskan* ac i ddawnsio i'r *bombard* a'r *binioù kozh*.

Aeth Awenig yn ôl am y Castell i chwilio am y llwybr i'r coed a dyna lle bu hi'n eistedd yn ei chwman gan syllu ar y ddwy gneuen oedd ganddi yn ei llaw. Penderfynodd dorri'r ail gneuen, a chafodd ynddi bethau fil harddach nag a gafodd yn y gyntaf. Yn ogystal â cheiliogod aur a ganai ac ieir arian a ddodwyai roedd cloc cywrain a gadwai amser a fffrâm gyfri a gadwai gownt ynghyd â'r diemwntau a'r perlau a thrysorau eraill rif y gwlith. Taenodd ei lliain ar y clawdd a gosod ei stondin yn llygad y byd. Pan ddaeth y Dywysoges heibio ar fraich un o'r telynorion, fe safodd yn stond gerbron y stondin i syllu ar y pethau da a welai a'u deisyfu'n arw. "Dos di o'm blaen i, Heilyn," meddai wrth y telynor. "Mi wela i di'n nes ymlaen." Rhoes sws ar ei foch a'i wthio oddi wrthi i'w hel i ffwrdd.

Troes at y farchnatwraig. "Beth gymeri di am y trugareddau yma?" holodd. Ceisiodd gadw ei llais mor ddifater â phosib rhag dadlennu gormod ar ei chwant.

"Fe'i cewch nhw i gyd os caf gysgu hefo'ch gŵr chi eto heno," meddai Awenig.

"Gest ti dy blesio neithiwr, felly?" chwarddodd y Dywysoges. "Pam na fedri di ofyn am aur neu arian neu beth bynnag arall bydd puteiniaid yn ei chwenychu, yn lle hyn'na?"

"Ni chewch chi mohonyn nhw ond am y peth dwi newydd ei ddweud wrthych," meddai Awenig.

"Os felly mae'i dallt hi," meddai'r Dywysoges, "gyrr y cwbwl i'm siambr ac mi gawn ni weld heno."

Aeth y Dywysoges yn ei blaen tua'r llannerch i chwilio am ei thelynor. Bustachodd Awenig i hel pob dim i'r Castell a mynd â nhw i lofft y Dywysoges Argantel. Wedyn aeth i ffreutur y morynion i weld ei chyfeillesau pwll golchi. Pan ddechreuon nhw ei stilio a'i holi am ei hanes ni welodd fod ganddi fawr i'w golli o ddweud y gwir. Eglurodd ei sefyllfa.

Dywedodd y morynion pwll golchi wrthi am dewi â sôn ac mai jadan ffroenuchel ac annifyr oedd y Dywysoges ac os clywai'r stori, byddai ar ben arni.

Gyda'r nos, dros eu swper, rhoes y Dywysoges win cwsg mewn gwydr glân a dweud wrth Gwascoz, gwas y stafell, am ei osod ar y bwrdd wrth benelin y Tywysog. Roedd hwnnw fel petai wedi colli'i archwaeth at ei fwyd ac heb fawr o ddim i'w ddweud wrth neb. Daeth rhyw lysgennad o wlad arall ato i'w ddiflasu ag ystadegau ond esgusododd y Tywysog ei hun ac aeth i ddrachtio'i win. Daeth y Dywysoges ato a gofyn iddo ddawnsio efo hi yn lle'i hanwybyddu. Dawnsiasant *Gavoten ar menez* a dechrau ar ddawns arall ond daeth blinder dros y Tywysog ac yntau'n dechrau cysgu ar ben ei draed. Amneidiodd y Dywysoges Argantel ar y gwas ystafell. "Cer â hwn i'w wely, Gwascoz," meddai. "Mae o wedi ei dal hi braidd heno, mae arna i ofn."

Y noson honno am hanner nos, aeth Gwascoz i chwilio am Awenig yn ffreutur y morynion ac aeth â hi i siambr y Tywysog. Roedd y morynion pwll golchi wedi dweud yng nghlust Gwascoz y dylai gadw llygad ar y farchnatwraig; roeddynt yn amau nad oedd pob dim yn troi'n grwn. Cadwodd Gwascoz gil y drws ar agor a gweld y farchnatwraig yn dringo i'r gwely mawr. Clywodd wylo a rhincian dannedd a gweiddi: "Sut fedri di gysgu, Karadeg, trwy bob dim? Tri phâr o sgidiau dur a dreuliais i'th gyrraedd yma, yn union fel dywedest ti. Ac mi ges hyd iti, a chadw fy ngair iti. A sut fedri dithau gysgu fel twrch heb ddeffro i'm nabod i?" Dechreuodd ochneidio eto. Caeodd Gwascoz y drws yn ofalus a gadael iddi.

Drannoeth y bore aeth Gwascoz i gyrchu'r farchnatwraig. Dywedodd wrthi am fynd i ffreutur y morynion lle roedd y golchwragedd yn aros amdani i rannu boreufwyd efo hi.

Dywedodd y golchwragedd wrth Awenig fod mintai'r briodas am fynd eto i'r coed y pnawn hwnnw ar gyfer rhyw fath o dwrnamaint efo ceffylau.

"Fyddwch chi'n mynd?" holodd Awenig.

"Na fyddan, yr hulpan wirion," meddai un o'r gennod dan chwerthin. "Ydyn ni'n edrych fel gwesteion priodas y Dywysoges? Pryd fyddi di'n dŵad atom i'r pwll golchi?"

"Cyn bo hir," meddai Awenig.

Heliodd ei phethau ac aeth allan i eistedd ym môn y clawdd ger ffos y tŵr. "Mae hi'n ben set arnaf," meddai wrthi'i hun. Tybiodd na welai eto gyfyng-gyngor gwaeth na hwn. Torrodd ei thrydedd cneuen a chael ohoni bethau rhagorach eto nag a gafodd yn y ddwy arall. Nid yn unig geiliogod aur a ganai ac ieir arian a ddodwyai a chloc a gadwai amser a ffrâm gyfri a gadwai gownt a diemwntau a pherlau ond hefyd freichledi, broetsys a mwclis i gyd o aur â rhuddemau wedi eu gosod ynddyn nhw, a choron aur gywrain yr un fath. Taenodd ei lliain ar y clawdd a gosod ei stondin fel o'r blaen.

Clywodd eu dwndwr a'u cyfeddach sbel cyn iddi weld y fintai'n croesi pont godi'r Castell. Wrth iddi gerdded heibio ar ei ffordd i'r llannerch oedodd y Dywysoges o flaen y stondin a blysio'r holl drysorau'n arw iawn.

"Be ydi'r 'nialwch yma sgen ti ar y clawdd?" holodd.

"Fel y gwelwch chi," meddai Awenig.

"Rho bris imi am y cwbwl," meddai'r Dywysoges.

"Noson arall gyda'ch gŵr," atebodd Awenig.

"Os dyna'r pris, dyna fo," meddai'r Dywysoges yn ffroenuchel. "Gei di fynd â nhw i'r Castell."

"Mi af â phob dim i'ch siambr, Feistres," meddai Awenig.

Wrth iddo dendio ar ei feistr yn ystod y wledd y noson honno, mentrodd Gwascoz gael gair yn ei glust am y pethau a welodd ac a glywodd. "Y Dywysoges," meddai, "a roes win cwsg yn eich gwydr neithiwr ac echnos fel nad oedd y wreigen a ddaeth atoch ganol nos yn gallu'ch deffro."

"Pa wreigen?" meddai'r Tywysog.

"Yr un a werthodd ei thrysorau i'ch gwraig y Dywysoges," meddai Gwascoz.

"Fydd pethau'n wahanol heno, Gwascoz," meddai'r Tywysog ac aeth i chwilio am ei wraig newydd. Cafodd hyd iddi gyda'r telynorion. "Ga i air efo ti am funud bach?" holodd.

"Cei â chroeso," meddai hithau gan godi oddi ar lin Heilyn delynor.

"I be oeddet ti eisiau prynu'r holl aur di-chwaeth yna gan y farchnatwraig?" holodd y Tywysog. "Onid oes gen ti ddigon o drysorau'n barod?"

"Fedri di byth gael gormod o drysorau," meddai'r Dywysoges.

"Faint dalaist ti amdanyn nhw?" meddai yntau.

"Pris y farchnad," meddai hithau.

"Swnio fel un o dy gastiau di eto," meddai'r Tywysog. "Un o ble'r oedd y farchnatwraig?"

"Be wn i am y jipsan?" meddai hithau. "O rywle digon pell, mwn, 'nelo'r sgidiau dur racs welais i am ei thraed."

Syllodd y Tywysog arni. "Sgidiau dur?"

"Dyna oedd am ei thraed pan ddaeth hi â'i thipyn trysorau i'm siambr," meddai'r Dywysoges. "A bodiau'i thraed yn gwthio allan o'r pennau blaen. Ond paid ti â phoeni dy ben amdani, mae hi wedi hen fynd."

"Rhyngot ti a dy bethau," meddai'r Tywysog.

Yng nghanol miri'r pryd nos a'r datgeiniaid wrthi'n datgan eu cerddi a'r telynorion wrthi'n canu cyfeiliant, rhoes y Dywysoges win cwsg yng ngwydr ei gŵr ond trwy gil ei lygad fe'i gwelodd. Pan oedd ei sylw hi ar Heilyn delynor a winciai ac a wenai arni o'r llwyfan canu, fe ffeiriodd y Tywysog eu gwydrau heb iddi weld.

Gwnaeth sioe o ddrachtio'i win a sychu'i weflau ar ei lawes. Cododd ei wydr i ddymuno iechyd da i'w wraig ac yfodd hithau o'i gwin. "Beth am ddawnsio?," meddai wrthi. "Fydd pobol yn siarad amdanom a ninnau heb ddawnsio hyd yn hyn."

"Est ti i dy wely neithiwr ar ôl un ddawns," meddai'r Dywysoges. "Fues i'n dawnsio trwy'r nos."

"Roeddwn i'n gweld golwg wedi blino ar Heilyn," meddai'r Tywysog.

"Does gen i fawr o daro am ddawnsio heno," meddai'r Dywysoges Argantel a blinder mawr wedi dechrau dyfod drosti. "Dwi'n mynd i'r gwely."

Galwyd ar y Forwyn Fawr i'w hebrwng i'w siambr a'i lapio yn ei chynfasau sidan.

Ni pheidiodd y Tywysog â'r chwarae a'r dawnsio tan chwarter i hanner nos pan aeth i'w lofft. Tarodd ei ben heibio i ddrws llofft y Dywysoges a'i gweld hi'n cysgu fel craig yr oesoedd. Aeth yntau i'w lofft a neidio i'r gwely gan dynnu'r cynfasau a'r cwrlidau dros ei ben. Gwelai'r munudau'n faith wrth aros am Awenig ond gwyddai fod yn rhai iddo aros dan gêl nes gwybod i sicrwydd pwy fyddai wrth ei ymyl. Gwyddai ddigon am gastiau'r Dywysoges.

Ar drawiad hanner nos daeth Awenig i'r llofft a thynnu'r sgidiau dur oddi am ei thraed. Dringodd i'r gwely a thynnu'i llaw dros ei dalcen a'i ruddiau. Ni symudodd yntau gan nad oedd wedi clywed ei llais. Dechreuodd hithau anesmwytho a galaru a griddfan yn saith gwaeth nag o'r blaen: "Gwae fi fy siwrnai i gyrraedd nunlle," ochneidiodd. "Gwae fi dy gyrraedd, Karadeg, a thithau heb fy ngweld."

Agorodd y Tywysog ei lygaid. "Dwi'n dy weld di, Awenig," meddai.

A chofleidiasant a cholli dagrau o lawenydd, a threulio'r nos yn paldaruo am y pethau a ddigwyddodd iddynt ers iddyn nhw fod ar wahân. Eglurodd Karadeg ragor am yr hud a roed arno'n faban i ddial ar ei dad am ryw gamwedd anghofiedig. Eglurodd mai merch y widdon oedd Argantel a'i fod dan ormes yr hud i'w phriodi am iddo golli'r croen blaidd, neu fe âi'r felltith ar eu mab. Ond ac yntau a'r Dywysoges heb rannu gwely dair noson yn olynol fe âi'r addunedau a wnaed rhyngddynt yn ddiffrwyth a di-rym.

Doedd ond angen iddyn nhw rŵan gael sêl bendith ei thad, y Brenin Argan, ac fe gaent eu traed yn rhydd o'r Castell a chael edrych tuag adref. Gwaetha'r modd, er ei fod o'n ben bach anghynnes, nid oedd y Brenin Argan yn llwdwn y gors ac nid ar chwarae bach roedd lluchio llwch i lygaid y Brenin hwn.

"Mi feddyli di am rywbeth, dwi'n siŵr," meddai Awenig.

"Dwi 'di gwneud fy rhan i. Dy dro di ydi o rŵan iti ddangos dy ddoniau."

Y bore trannoeth oedd diwrnod olaf y dathlu a'r fintai'n meddwl ei throi hi am adref. Ond nid tan ar ôl cinio. Rhoes y Tywysog wisg Iarlles y Ffynnon i Awenig gan ddweud wrth bawb ei bod hi'n perthyn iddo ar ochr ei fam ac iddi fethu cyrraedd mewn da bryd ar gyfer diwrnod y briodas. Gofynnodd iddi eistedd wrth ei law aswy ar gyfer y wledd ffarwél. Ar ôl i bawb fwyta ac yfed eu gwala a'u gweddill a phawb mewn hwyliau da fe safodd y Tywysog.

"Hoffwn ofyn am eich cyngor, fy Nhad-yng-nghyfraith," meddai.

"Gofyn di ac fe'i cei," meddai'r hen Frenin Argan.

"Roedd gen i gist hardd unwaith a'i llond o drysorau," meddai'r Tywysog. "Mi roedd gen i allwedd aur iddi ond fe'i collais. Cefais wneud allwedd newydd sbon ond cyn imi gael cyfle i'w harddel cefais hyd i'r hen allwedd. A dyma finnau rŵan mewn penbleth, efo dwy allwedd a finnau ond angen un. Ni fyddai'n ddiogel i gadw'r ddwy allwedd, dwi'n siŵr y cytunech?"

Nodiodd y Brenin ei ben mewn cytgord.

"Dywedwch wrthyf, felly, Frenin Argan," meddai'r Tywysog. "Pa un ddylwn ei chadw, yr hen yntau'r newydd?"

"Talwch barch i henaint," meddai'r Brenin Argan. "Cadwch yr hen allwedd."

"Dyna fy marn innau, Frenin Argan," meddai'r Tywysog. "Diolch ichi am eich cyngor. A dyma ger eich bron fy hen allwedd aur." Gafaelodd yn llaw Awenig a'i chusanu. "A dacw'r allwedd newydd," meddai gan gyfeirio at Argantel. "Felly'n unol â'ch cyfarwyddyd chi, Frenin annwyl, dwi am gadw'r hen allwedd a gadael yr un newydd efo chithau." Cododd Karadeg ar ei draed ac Awenig yn ei ddilyn a chroesodd y ddau y neuadd ddywedwst a degau o barau o lygaid yn eu dilyn fel yr aethant allan trwy'r pyrth.

"Gadewch iddyn nhw fynd, fy Nhad," meddai'r Dywysoges Argantel mewn llais uchel. "Mae'r trysorau a ges i'n werth mwy i mi na'r ci drain anffyddlon yna." Cododd oddi wrth y bwrdd a brasgamu i'w siambr a'i morynion ar ei hôl. Safodd yn ffenest ei llofft a gweld trwy'i dagrau y ddau'n carlamu ar gefn caseg wen a'r carnau'n diasbedain ar y bont godi. Gwelai lwch y lôn yn codi fel yr aent tua'r gorllewin a hithau'n clywed ei morynion yn cymryd eu gwynt atynt. Troes i weld be oedd, a hithau'n gweld ei cheiliogod aur a'i hieir arian a'i diemwntau drud a'i pherlau cain yn breuo ac yn edwino o flaen ei llygaid fel y pylai curo carnau'r gaseg ar y lôn, nes nad oedd ar ôl o'i thrysorau ond awyr iach a suo tannau'r delyn ar y gwynt.

Dychwelodd y Tywysog ac Awenig i'r Castell yn eu

gwlad eu hunain lle roedd Erwan dan ofal mam faeth wedi prifio'n hogyn nobl a chwrtais. A dyna lle buon nhw'n byw'n hapus a dedwydd weddill eu hoes, am wn i, gan na chlywais air o sôn na siarad amdanynt byth wedyn.

Hanes Dau Gimwch

BU FARW'R UWCH-AROLYGYDD Glaslyn 'dwylo blewog' Anglobus ddoe a chafodd ei ailymgnawdoli'n gimwch. Trawiad ar ei galon a'i lloriodd. Pan ddadebrodd roedd mewn cawell cimwch yn harbwr Porth-gain. Cyn bo hir roedd ar ei ffordd i Farchnad Abertawe lle y'i gwerthwyd i berchennog yr Auberge de Ruztan, bwyty gorau Cwm Gwendraeth. Gollyngwyd ef i danc pysgod enfawr ynghanol y llawr lle gwelodd gysgod dulas yn dyfod ato o lech i lwyn a gweld mai cimwch arall ydoedd.

"Glaslyn?" meddai'r cimwch arall a'i deimlyddion wrthi'n chwifio'n frwd.

"Pwy wyt ti, 'te?" meddai Glaslyn yn ffwndrus. Doedd o erioed wedi cwrdd â chimwch o'r blaen, heblaw ar blât.

"Y fi, yntefe," meddai'r cimwch arall, "Y Cynghorydd Bentley Ballantine. Wyt ti wedi colli adnabod arna i mor gloi â 'nny?"

"Ballantine, 'achan," gwichiodd Glaslyn. "Y tro

diwethaf imi dy weld roedden ni gyda'n gilydd yn Lodj Rhodfa Harries, Llanelli. Ro'wn i yn dy angladd di, cofia, ond roeddwn i yn y cefen, fyddet ti ddim wedi sylwi arna i."

"Paid â siarad dwli," meddai'r Cynghorydd Ballantine. "Sut fyddwn i wedi gallu sylwi arnat neu beidio sylwi o ran hynny? Yn un peth ro'wn i mewn arch ac yn ail, mi ro'wn i wedi marw. A beth bynnag, wy'n amau'n gryf na fyddet ti byth wedi troi lan i'r angladd 'ta beth."

"Sdim ots nawr," meddai Glaslyn. "Beth sydd wedi digwydd inni? 'Na'r cwestiwn. Nid yn y nefoedd y'n ni, sbo."

"Ry'n ni wedi cael ein hail-eni'n gregynbysgod," esboniodd Ballantine. "Ti'n siŵr o fod yn gilogram a hanner."

"Cimychiaid?" Edrychodd Glaslyn o'i gwmpas a cheisio gweld trwy wydr y tanc. "Ai dyma'r diolch wy'n ei gael am wasanaethu'r frenhines gydol fy oes? Byw gyda llond tanc o grancod?"

"Mae'r crancod wedi mynd, ysywaeth," meddai'r Cynghorydd Ballantine, "ar y *plateau de fruits de mer*, heddwch i'w cregyn. A oeddet ti'n adnabod Elwyn Tremwelian, Llanddaro? Fe aethpwyd ag e n'ithiwr. *Trwy ddirgel ffyrdd mae'r uchel Iôr yn dwyn ei waith i ben. Ei lwybrau ef sydd yn y môr...*"

"Taw â dy bregeth am unweth," meddai Glaslyn, "Wyt ti'n gweud taw yma i gael ein bwyta y'n ni?"

"Wel, Glaslyn bach," meddai'r Cynghorydd Ballantine, "Chlywes i ddim sôn am acwariwm yng Nghwm Gwendraeth."

"Wnest ti ddim treial achub Elwyn?" holodd Glaslyn.

"Beth allwn i ei wneud? Gynigies i air o weddi drosto fe, fel ro'dd y gweinydd yn ei ddala fe yn ei rwyd ac yn ei dynnu fe mas o'r dŵr. *O Dad, yn deulu dedwydd*, meddwn i, *y deuwn â diolch o'r newydd, cans o'th law y daw bob dydd ein lluniaeth a'n llawenydd*. Do'dd e ddim i'w weld yn llawen iawn i fod yn lluniaeth i neb, serch 'nny."

"Welest ti rywun arall yn y tanc?" holodd Glaslyn.

"Ro'wn i'n adnabod rhai o'r silidóns," meddai'r Cynghorydd Ballantine. "Bu rhai ohonyn nhw gyda mi yn yr ymgyrch yn erbyn rhyddid, ond mae'r rheini wedi mynd nawr gyda'r letys a'r lemon. Rhyw le mynd a dod yw hwn, gyda mwy o fynd nag o ddod mae 'da fi ofan. *Pam, Arglwydd y gwnaethost Gwm Gwendraeth mor dlws, a bywyd hen Dori mor fyr?*"

"Shgwl di 'ma, Ballantine," meddai Glaslyn, "Fi moyn gwybod pam, a thithe'n flaenor yn Salem, ac yn un o hoelion wyth yr achos Torïaidd, nage i'r nefoedd yr est ti ar dy ben yn lle lando mewn tanc ym Mancffosfelen?"

"Cefais gam ofnadw'," cytunodd y Cynghorydd

Ballantine. "Fel wedes i wrthot ti yng Nghynhadledd yr Unoliaethwyr, 'sdim tegwch i'w gael i'r ffyddloniaid yn y ffydd yn y byd hwn." Chwifiodd ei deimlyddion gan ychwanegu, "Wy'n deall yn gwmws pam gefest ti dy ddewis i ymuno yn rhengoedd y rhai cregynnog a thithe â'th obsesiwn gyda'r noethlymunwr William Price yna a'i dderwyddiaeth, ond pam fi? Pam fy newis i?"

"*Diddordeb* sy 'da fi yn William Price, Ballantine, nage obsesiwn," cywirodd Glaslyn ei gyfaill. "Beth yw'r cam nesaf?"

"Cam reit fach, weden i," meddai'r Cynghorydd Ballantine. "Ond ni'n eitha diogel man hyn. Bachan iawn yw'r gweinydd, ma fe'n gimychgar ac yn llysfwytäwr caeth. Fe wylodd ddagre hallt dros y cranc Tremwelian. A nago's neb yn archebu cimychiaid man hyn, ry'n ni'n rhy gostus i'r locals, t'wel'."

Sylwodd Glaslyn ar ddrws y bwyty'n agor. Pwy ddaeth i mewn ond Lutimer a Grocl, Bodlondeb. Eisteddasant wrth fwrdd ger y tanc pysgod.

"Wy ddim yn credu hyn," meddai Glaslyn, gan wasgu'i lygaid pen pìn i'r gwydr. "Welest ti pwy sydd newydd gerdded i mewn?"

"Pwy y'n nhw?" holodd Ballantine.

"Lutimer a Grocl, Bodlondeb," meddai Glaslyn. "Fyddi di'n darllen *Llygad y Dydd*?"

"Na fyddaf, byth," meddai Ballantine. "Ond *Y Goleuad* wy'n ei ddarllen."

"Wel, Ballantine bach," meddai Glaslyn, "Wy ddim moyn codi bwganod na dim byd, ond gohebydd bwyd *Llygad y Dydd* yw e man'co a ma fe'n hoff iawn o'i bysgod cregyn."

"Paid â mynd o flaen gofid," meddai Ballantine. "Sa i'n siŵr a ydym ni ar y fwydlen heno. Well inni ein gwneud ein hunain yn fach ar waelod y tanc a chroesi crafangau."

Roedd y ddau gimwch wrthi'n dechrau hepian ymysg y gwymon plastig pan sylwodd Glaslyn fod perchennog y bwyty a'r gweinydd a'r ddau westai i gyd yn syllu arnyn nhw. "Ballantine," meddai. "Maen nhw'n edrych arnom ni ac yn pwyntio bysedd."

"Mae cregyn eraill i'w cael yn y tanc," meddai'r Cynghorydd Ballantine. "Yw'r Lutimer yma'n hoffi misglod? Sa i'n aros yn y twll hyn." Roedd Ballantine wedi clywed sawl pregeth am ragluniaeth yr Arglwydd a sut i'w derbyn, ond penderfynodd ar waethaf hynny nad oedd am fynd o'r tanc heb strancio.

Daeth y gweinydd atynt â rhwyd yn ei law. Trwy gil ei lygad gwelodd Glaslyn fod Ballantine wrthi'n ceisio dringo allan o'r tanc. Gwaetha'r modd roedd y rhwyd yn drech na'r darpar ffoadur.

"Dewch, gyfeillion," meddai'r gweinydd gan sychu

deigryn o gornel ei lygad. Gosododd y ddau gimwch ar wely o wymon ar ei hambwrdd dur di-staen. Cludwyd y ddau i'r gegin lle cododd y gweinydd gaead sosban fawr a ferwai ar y tân a gorfod cymryd cam yn ôl fel y powliodd cwmwl mawr gwyn o ager ohoni. "*Daeth i ben deithio byd*, fechgyn," meddai'n bruddglwyfus gan godi'r ddau gimwch yn ofalus a'u gollwng i'r dŵr berwedig.

Stori a Ddiflannodd

UNWAITH ROEDD GEN i stori a honno'n codi fel barcud ar adain y gwynt. Pan alwn arni mi ddeuai ataf ar draws y moroedd fel colomen i'm ffenest a brigyn yn ei phig. Ond daeth y cyrff heb enaid acw un ben bore a thorri'r llinyn arian ac aeth y stori i'r pedwar gwynt. Dim ond glaw smwc sy'n dŵad i'm ffenest rŵan a hwnnw'n britho fy nhalcen ac yn glynu fel perlau yn fy ngwallt.

Wrth fy nhraed mae'r llyfrau a dynnais o'r silffoedd yn don ar ôl ton o hen gyfrolau, rhai ar agor fel ewyn ar y môr ac eraill yn codi fel craig yn ei ganol. Dwi'n mynd ar fy mhennau gliniau i'w canol i'w chwalu a'u chwilio am y pethau anweledig sy'n llechu lle nad oes clust a glyw. Dwi'n tynnu fy ewinedd trwy lwch y cloriau ac yn llenwi fy mhen ag aroglau'r hen oesoedd. Os na ddaw fy stori'n ôl ar adain y gwynt hwyrach y daw hi ataf o ganol llonydd yr hen gyfrolau. Chwilio'r ydw i am eiriau stori a ddiflannodd. Megis dechrau oedd y stori ond mi aeth o'm gafael heb wybod ei diwedd na'i datrys na dim.

Chwiliais lyfrau'r hen lenorion i weld a gawn oleuni yn yr hwyr ond troesant eu cefn arnaf a siarad ymysg ei gilydd. Darllenais y beirdd o Gymru ac Iwerddon i weld a fyddai'r rheini am agor imi'r drws ar Aberhenfelen ond ni ches adwy. Crwydrais anial dir pob esboniadur gan feddwl y cawn hyd i'r geiriau a geisiwn ond seithug oedd y bererindod ac ni ches gysur nac eglurhad.

Pan welais na chawn ateb yng ngwaith y doethion mi rois flaen troed flin oddi tanynt i'w codi fel sguthanod a'r llwch yn nofio dan olau'r lamp. Cwympodd rhai ar eu meingefnau a'u tudalennau fel dail palmwydd yn yr haul, syrthiodd eraill yn glep a'u pen yn eu plu. Landiodd un gyfrol ar ben y tocyn a chawod o lythrennau fel morgrug duon yn dechrau powlio ohoni nes llenwi'r lle fel nodau cân mwyalchen. Roedd y llwch yn cosi fy nhrwyn ac yn llosgi fy llygaid. Rhwbiais fy llygaid wrth weld y llafariaid a'r cytseiniaid yn cofleidio'i gilydd ac yn ymffurfio'n rhith. Ond nid rhith mohono chwaith achos roedd hi'n sefyll yn stond o'm blaen a'i gwallt yn wlyb diferyd a'i chroen yn wyn fel lliain. Gostegodd y llwch ac aeth y llyfrau syfrdan yn llipa fel slefrod ar y traeth. Craffodd arnaf am ennyd cyn symud at y ffenest lle safodd i wylio'r nos. Troes ataf yn ara' deg ac estyn ei llaw. Roedd ei llaw hi'n oer fel gwydr. Pwysodd ei chefn yn erbyn silff a gofyn, "Pam ti'n byw yng nghanol y llyfrau yma? Wyt ti wedi eu darllan nhw?"

"Dwi 'di darllen amdanat ti," meddwn i gan godi'r llyfr o'r llawr.

"Ty'd â hwnna yma," meddai a chipio'r llyfr a'i luchio'n erbyn y wal. "Dim ond darn ohona i sy'n hwnna. Prin oedd o'n fy nabod i, sut ddiawl oedd o'n meddwl sgwennu amdana i?"

"Gest ti griw go ddifyr, yn do?" meddwn innau. "Gwell na landio yn *Enoc Huws* neu *Chwalfa*, siawns?"

"Cau dy geg," meddai a'i gwefus yn camu. "Ydi cael dy lindagu gan walch anhydrin yn ddifyr, ydi cael dy daflyd i'r afon? Beth bynnag, nid i drafod llenyddiaeth yr ugeinfed ganrif y dois i yma." Cododd ei phen yn flin a hel y gwallt o'i llygaid. "Dwi isio gwybod am y byd go iawn." Roedd ei llais yn floesg. "Mi gei di daflyd y llyfr i'r llyn."

Tybiais y dylwn gynnig panad iddi neu lasiad o win; hwyrach bod syched arni. Ond doedd Jini Bach Pen Cae ddim awydd panad o de. Mi gymrai lasiad o win gwyn i weld sut beth oedd hwnnw. Roedd y gwin yn oer a blas cwsberis a blodau'r ysgaw arno.

"Wyt ti am aros yn y byd?" meddwn i.

"Ga i weld," meddai. "Ddim Blodeuwedd ydw i, mae gen i gydwybod. Dwi isio gwybod be ydi perthyn, caru, casáu a ballu. Tydyn nhw ddim yn dysgu petha fel 'na i chdi mewn llyfrau."

Dywedais wrthi bod casáu fel gwenwyn, yn lladd y rheini

oedd yn ei goleddu a bod caru, perthyn a chanu'n iach yn byw yn y galon heb wyfyn i'w llygru.

"Lol botas maip," meddai Jini. "Dim ond geiriau ydi'r rheina, tydyn nhw'n golygu dim byd i mi. Deud rhywbeth am bethau go iawn."

A dyna pryd dechreuais ddweud wrthi am dy hanes dithau. Cwta bum mis oedd hi ers cyrch y cyrff heb enaid.

Soniais amdanat yn fabi ac am y pnawn Sul hwnnw o Fehefin ddoist i'r byd a'r nyrs yn dy roi di yn fy mreichiau a chdithau'n syllu i'm llygaid a finnau'n dweud dy enw wrthyt a chdithau'n dal i syllu i fyw fy llygaid nes y gwelwn darddiad pob ffynnon yn dy lygaid duon.

A dywedais wrthi amdanat ti'n dysgu iaith a dangosais iddi'r llyfr bach lluniau a finnau wedi taro dy eiriau newydd wrth bob llun fel morliw am 'forfil' a toriel am 'trelar' neu ddeilen efo llygad am 'bluen paun' a dyn yn ista ar gadair am 'frenin ar ei orsedd'.

Estynnais y stori sgwennaist ti yn yr ysgol bach a hithau'n gofyn imi'i darllen hi iddi ac mi wnes. "Un tro roedd draig fawr hefo adenydd a dannedd a cheg fawr a lot mwy. Roedd helwyr yn trio dal y ddraig. Roedd y ddraig yn bwyta pobol ac yn rhedeg ar eu holau. Roedd y ddraig yn gallu chwythu tân. Roedd y ddraig yn wyllt. Chwythodd dân yn wyllt, rhedodd yn wyllt a gwnaeth bob dim yn wyllt. Roedd y ddraig yn wyllt am fod yr helwyr wedi ei brifo."

"Helwyr cas," meddai hithau a chymryd jochiad arall o'r gwin. Roedden ni wedi mynd i ista'n y gegin oddi wrth y llyfrau a'r llwch. Roedd ganddi alergedd i lyfrau, meddai. "Oedd o'n hogyn gwyllt?" holodd.

"Dim ond pan fydden nhw'n ei frifo," meddwn innau gan agor potelaid arall o'r Sauvignon Blanc. Dywedais wrthi am y tro hwnnw pan gest ti dy wahardd o noson ffarwelio'r ysgol uwchradd yn gosb am ryw gamwedd anhysbys a chdithau'n sefyll wrth ddrws y gegin yn dy ddillad swel a dy wyneb yn welw. "Dim ots," meddwn i. "Gwynt teg ar eu holau nhw." Mae'n rhaid bod y siom yn berwi ynot i chdi roi'r ffasiwn slap i'r pared. Dangosais iddi'r twll lle'r aeth dy ddwrn trwy'r bordyn.

Dywedais wrthi amdanat yn prynu car a dysgu crefft a chael dy draed yn rhydd o'r diwedd ac fel y byddet yn cychwyn am dy waith bob bore cyn codi cŵn Caer a'r bocs bwyd yn dy law a'th sgidiau hoelion yn crafu ar y grisiau cerrig tu allan.

A dyma fi'n sôn wrthi am y bore hwnnw pan ddaeth y cyrff heb enaid acw i chwilio amdanat ac am eu chwythu a'u tyngu pan welson nhw nad oeddet acw. Toc ar ôl chwech oedd hi ryw fore Mercher o Ragfyr a finnau'n clywed sŵn yn y drws a meddwl bod y dyn llefrith wedi codi'n fore iawn. Yn lle hynny dyna lle roedden nhw'n sefyll yn y cyntedd, un yn ei lifrai botymau arian a'r lleill mewn dillad cyffredin.

"Lle mae o?" meddan nhw.

"Tydi o ddim yma," meddwn i. "Mae o wedi mynd i'w waith."

Aethon nhw i dy lofft i fynd trwy dy bethau. Toc dyma nhw'n ôl â'u helfa ar y bwrdd fel cath yn gosod llygoden ar y mat: dwy ffôn symudol, un efo crac ar y sgrin a'r llall yn hen fel pechod. Doedden nhw ddim yn gyrff heb enaid hapus iawn.

Roedden nhw isio dy rif ffôn wedyn i drefnu i gael sgwrs bach, dyna ddywedodd yr arweinydd, pwtan benfelen anghyfiaith. Fydden nhw ddim am dy gadw di'n hir, meddai'r wên deg. Gadawodd nodyn a rhif cyswllt, wrth gwrs. Ni chlywyd gair o sôn amdani oddi ar hynny ac nid oedd y rhif yn bod.

Dywedais wrth Jini Bach Pen Cae am dy alwad y bore hwnnw, finnau'n gweld dy enw ar y sgrin a chlywed dy lais fel pe bai'n cyrraedd ataf o waelod pydew. "Dwi ddim wedi gwneud dim byd, yn naddo, Dad?" Cyn imi ddeud gair daeth cyfarth lleisiau ar draws a'r llinell yn cau.

Dywedais wrthi am ffau'r Minotawros Seisnig lle mae ysgerbydau beirdd a fforest ddiffenestr a bwystfil ar y mur. Soniais am gyfraith Llundain a grogodd Siôn Eos a Dic Penderyn, y gyfraith sydd heddiw â'i chrafangau am yddfau hogiau cefn gwlad. Ond tydyn nhw ddim isio gwasgu'n rhy dynn, meddwn i, achos does yna ddim hast i'w difa. Maen nhw wrth eu bodd yn chwarae mig hefo bywydau pobol a does gan y cyrff heb enaid ddim math o frys i fynd â'r maen i'r wal.

"Dyna ddigon o straeon," meddai Jini gan godi ar ei thraed.

Roedd y wawr lond y ffenest a'r cymylau'n rhannu ac yn rhwygo ar greigiau'r foel a dwy botel wag ar y bwrdd ac un arall ar ei hanner.

"Ty'd, awn ni am dro," meddai a gafael yn fy llaw a'm tynnu ar ei hôl. "Dwi isio anadlu'r awyr iach a theimlo gwres yr haul a cherdded llwybrau'r coed i ben y bryniau a chlywed y mwsog rhwng bodiau fy nhraed."

Mi dilynais hi ar hyd llwybrau'r defaid rhwng yr eithin a'r rhedyn ac aroglau bwtsias y gog yn llenwi'r awel a'r glaswellt yn drwm dan wlith y bore. Erbyn inni gyrraedd pen y ffridd roedd yr haul uwch ein pennau a'r chwys fel marblis ar fy nhalcen. Islaw roedd Llyn Du'n llonydd fel pwll olew. Aethom i ista lawr ar lan y llyn a gwylio'r tonnau mân, mân yn llepian ar y gro.

"Rhaid inni groesi i'r ochr arall," meddai.

"Sgynnon ni ddim cwch," meddwn i. "Ac mae'r cwrwgl yn rhacs."

"Plymio i mewn a nofio," meddai. Tynnodd amdani a

phlygu'i ffrog laes ddu ar garreg lefn. Camodd i'r llyn gan agor rhych ewynnog yn y dŵr. Mi droes ata i ac amneidio arnaf i'w dilyn ond fedrwn i ddim symud. Wnaeth hi ddim sbio'n ôl drachefn dim ond gwthio'i choesau trwy'r dŵr nes oedd o at ei chanol a dyma hi'n sydyn yn baglu neu'n llithro fel petai rhywbeth yn ei thynnu ato ac mi tynnwyd hi i lawr i ddyfnjwn y llyn a'r swigod bach yn gylch lle'r aeth ei llaw fel lili wen o dan y dŵr. Sefais yn hir i syllu ar groen Llyn Du wedi cau drosti.

Lawer gwaith ers hynny y bûm i'n meddwn dychwelyd i daflyd y llyfr i'r llyn ond es i ddim. Doeddwn i ddim isio gweld ei dillad ar y garreg lefn. A'i byth yn ôl yna rŵan achos mae'n siŵr bod olion y ffrog laes ddu i'w gweld hyd heddiw yn chwifio fel hen faner garpiog ar y drain.

Dwi'n cofio'r adeg oedd gen i stori a honno'n codi ar linyn arian y gwynt.

Dwi'n edrych ar dy lun heno, hwnnw pan ti'n chwerthin fel yr haul a dy groen di'n iach a'th wallt di'n gwta a chdithau'n wên o glust i glust ar dy wyliau yn rhywle. Bechod am y plyg yng nghanol y llun sy'n torri rhych ar draws dy dalcen.

Dwi'n sbio ar dy lun heno ac yn cofio fel byddet yn cyrraedd adra o'r gwaith a'r drws yn ysgwyd a chditha'n gweiddi "Dwi adra" a dy wep di'n olew i gyd a dy ddannedd yn wynion a dy wên di fel yr haul.

Wrth godi i gadw dy lun yn y bocs hen luniau dwi'n clywed sŵn yn y cyntedd ac yn troi fy mhen i wrando ar y gwynt yn ysgwyd y drws ac yn sgriffian ym mrigau'r coed.

À l'Auberge de Ruztan

F Y MRAINT YR wythnos hon yw tynnu sylw darllenwyr *Llygad y Dydd* at fwyty yn y deheudir o'r enw'r Auberge de Ruztan. Prin y gallaf ganmol digon ar y lle hwn ac yn wir roedd ein pererindod i'r fangre'n ddim llai na datguddiad.

Yr oeddwn wedi cadw bwrdd erbyn wyth o'r gloch ond pan gyraeddasom fe'n brawychwyd i ganfod fod y lle ar gau. Yn ffortunus fe nododd fy ngwraig nad oedd hi eto ond yn dri o'r gloch y pnawn ac felly aethom i'r car i wrando ar *Die Meistersinger von Nürnberg* ar *Wagner FM*. Bump awr yn ddiweddarach curais eto ar ddrws y bwyty.

Gwelais fys yn agor y blwch llythyrau o'r tu mewn. Gwelais lygad yn rhythu arnaf a chlywed llais yn gweiddi "*Dégage!*"

"*Excusez-moi,*" meddwn innau.

"*Va te faire enculer,*" gwaeddodd y llais.

"Mae'n ddrwg gen i," meddwn innau, "ond rydym wedi cadw bwrdd i ddau am wyth o'r gloch."

"Chi moyn bwyta?" meddai'r llais gan weiddi llai y tro

hwn. Caewyd y blwch post a chlywais gryn ddadlau o'r tu mewn heb amgyffred llawer o'r drafodaeth heblaw'r geiriau *putain, fils de pute, salope* ac *imbécile* yn gymysg ag atsain padellau a sŵn malu llestri.

Wedi i'r sgrechian ostegu, agorwyd cil y drws a daeth llond pen o wallt gwyn a dwy lygad gron a thrwyn pigfain i'r golwg. "Y'ch chi wedi bwco?" meddai'r bwbach gwalltog. Eglurais eto fy mod i wedi cadw bwrdd i ddau am wyth o'r gloch a'i bod hi bellach yn chwarter wedi'r awr.

"Bwrdd i wyth o bobol am ddou o'r gloch oedd 'da ni, a chi byth wedi troi lan. Gogs, ife?"

"Llanastystlum," meddwn innau gan ddangos iddo gadarnhad o'r archeb ar sgrin y ffôn. "Bwrdd i ddau am wyth o'r gloch."

"Na fe, 'te," meddai. "Y wraig 'co wedi gwneud cawlach 'to."

"Wel, oes gennych chi le inni neu beidio?"

"Oes, oes," meddai. *"Bienvenue à l'Auberge de Ruztan."* Agorodd y drws led y pen inni ac estyn ei law. "Y't ti wedi dod â dy fam am noson mas?"

"Fy ngwraig," meddwn innau. "Ydych chi ddim o'r ardal yma, yn nac ydych?"

"O leia sa i'n dod o Lanastystlum," meddai Ruztan.

Stafell foel yw'r bwyty heb fawr o drimins na ffigiaris. Llieiniau bwrdd gyda sgwariau coch a gwyn drostyn nhw.

Canolbwynt y bwyty yw'r tanc pysgod ar ganol y llawr a dau gimwch nobl yn ei waelod. Yr unig lun ar y wal yw llun o Monsieur Ruztan a'i het gogydd am ei ben a'i fraich am ysgwydd Gérard Depardieu. Dewis y noson ar yr uchelseinydd oedd Édith Piaf yn canu *'Non, Je ne regrette rien'*. O dan un o'r byrddau gwelais gath fain â'i llygaid arnom.

A finnau'n un fydd yn mwynhau gadael bwyty gan deimlo'r angen am sled oddi tanaf a thîm o hysgwn i'm tynnu adref, daeth cwmwl du dros fy mhen wrth imi graffu ar y fwydlen. Ni welais air o sôn am fy hoff ddanteithfwyd, coch yr wden. Bu ond y dim imi gerdded allan ond tynnodd fy ngwraig fi'n ôl i'm sedd cyn i'r gweinydd lithro atom ar ei esgidiau olwynion. Tynnodd bensil o'r tu ôl i'w glust a dechrau'i chnoi.

"*Buona sera, signore e signora,*" meddai.

"Nid bwyty Eidalaidd ydi hwn i fod," meddai fy ngwraig.

"Yn gwmws," meddai'r gweinydd, dyn garw-landeg gyda gên fel rhaw a thrawswch cyrn tarw. "Llydäwr yw Signor Ruztan."

"Eidalwr ydych chithau, serch hynny?" holais.

"*Si, signore,*" meddai'r gweinydd, "O Drimsaran."

"Ydi'r esgidiau olwynion yna'n gaffaeliad ichi gario'r platiau?" holodd fy ngwraig.

"Wy ddim yn cario platiau," meddai. "Popeth yn dod ar hambwrdd." Fe'n synnwyd a'n swyno i weld mor rhwydd y llithrai rhwng y byrddau a'i law dde uwch ei ben ac arni hambwrdd enfawr crwn a'i lond o wydrau a photeli.

Roedd hi'n dechrau prysuro erbyn hyn; daeth y Ficer Prichard o Lanymddyfri i mewn a hawlio bwrdd yn y ffenest lle daeth ei ddisgyblion a'i gynffonwyr ato'n gylch i wrando ar ei bregeth. Daeth Dr John Davies, Mallwyd, i mewn a chwyno nad oedd y fwydlen ar gael yn Lladin. *"Quidquid latine dictum sit altum videtur,"* meddai'n flin. *"Una lingua numquam satis est. Volo in menu antiquae linguae britannicae et linguae latinae!"*

Mae'n rhaid eu bod wedi cael hyd i fwydlen addas canys tawelodd y doethur. Sylwais arno dan ei guwch a'i ben i lawr ac yntau wrthi'n ddiwyd gyda'i gwilsen yn cywiro'r fwydlen. Toc gwthiodd y bwrdd oddi wrtho a chodi ar ei draed. "Gormod o wallau," meddai gan daflu'r fwydlen at y gweinydd. "Oes yna siop sglodion rhwng 'fan'ma a Dinas Mawddwy?"

Ymhen hir a hwyr daeth y gweinydd at ein bwrdd a rhoi inni "bob o blât" o'r cwrs cyntaf, gyda chyfarchion y prif gogydd. Grawnwinen wedi ei thorri yn ei hanner oedd y cwrs cyntaf. Syllais arni. Roedd hi'n debyg i rawnwinen ac yn blasu fel grawnwinen oherwydd, yn y bôn, grawnwinen oedd hi, wedi ei thorri yn ei hanner.

"Y'ch chi'n barod i archebu'r prif gwrs?" holodd y gweinydd.

"Rwy'n sylwi," meddwn innau, "nad oes coch yr wden ar gael heno."

"Beth yw e?" meddai'r gweinydd. "Falle bydd e ar gael fel 'sbesial'."

Eglurais iddo mai cig gafr wedi ei grogi ar fachyn yn y simdde dros y gaeaf oedd coch yr wden a'i fod yn draddodiadol yng Nghwm Bychan, Ardudwy, ddechrau'r ddeunawfed ganrif.

"Ni wedi symud 'mlân o'r ddeunawfed ganrif ffordd 'yn," meddai'r gweinydd. "Fawr o alw amdano fe."

"Oes," meddwn innau.

"Oes, gen ti, 'falle" meddai.

"Gennych chi," meddai fy ngwraig.

"Wy ddim moyn e," meddai'r gweinydd. "Wy'n llysfwytäwr caeth."

"Wel tydyn ni ddim," meddwn innau gan droi fy ngolygon at y fwydlen. "Mi gymeraf i'r lleden chwith gyfan wedi ei rhostio a'i gweini gyda saws menyn, sibols, cennin syfi a berwr y gerddi."

"Dim lleden chwith i'w ga'l heno," meddai'r gweinydd.

"Y lleden Ffrengig, ynteu," meddwn innau.

"Wedi gwerthu mas," meddai'r gweinydd.

"Y gegddu mewn crwst o halen?"

Ysgydwodd y gweinydd ei ben.

"Ai bwyty bwyd môr ydi hwn i fod?" holodd y wraig.

"Sdim bwyd môr i'w ga'l heno," meddai'r gweinydd. "Ond mae 'da ni gawl arbennig."

"Cawl pysgod?"

"Cawl dail carn yr ebol," meddai. "Ond sdim ebol yn y cawl, ma fe'n addas i feganiaid."

"Dau gawl dail carn yr ebol amdani, 'te," meddwn innau. "A beth yw'r creaduriaid acw'n y tanc ar ganol y llawr os nad bwyd môr?"

"Anifeiliaid anwes y perchennog," meddai'r gweinydd. "Dy'n nhw ddim ar werth."

Daeth y perchennog atom a holi a oedd pob dim yn iawn. Ni allwn lai na mynegi fy siom nad oedd dim byd morwrol ar gael.

Edrychodd Ruztan arnaf gan gyfeirio at y tanc. "Wrth gwrs mae bwyd môr i'w gael, sbo," meddai. "Shgwlwch lond y tanc o bysgod a chrancod a chimychiaid ichi a gwichied a misglod a chocos a silidóns a phob math o bethe eraill a dwy slywen." Pwyntiodd eto at y tanc. "Pysgod ffres." Roedd y cimychiaid yn gwibio o gwmpas y tanc yn wallgo ac yn ceisio dringo allan. "Mae'r gweinydd braidd yn hoff o drigolion y tanc, roedd e'n ofalwr siarcod mewn acwariwm ond fe gollodd ormod o'i fysedd."

Cyndyn iawn oedd y gweinydd o dderbyn archeb am y *grand plateau de fruits de mer* ac nid oedd ganddo unrhyw frys na brwdfrydedd i hel y cnwd cramennog o'r tanc a'u cludo i'r cefn. Ymhen hir a hwyr llwyddodd i rwydo dau gimwch nobl o Sir Benfro a'u cludo ar ei hambwrdd tua'r gegin. Roedd yn amlwg o'r ffordd yr anwesai bennau'r cimychiaid fod ganddo berthynas agos iawn gyda'i gramenogion. Clywsom bedyll metel yn clindarddach a'r eiliad nesaf ddwy sgrech annaearol a thruenus fel gwichian mochyn. Pan ddychwelodd y gweinydd i'r stafell fwyta roedd ei lygaid yn gochion a'i wyneb yn welw a rhuban du am un fraich. Daeth Ruztan atom i ymddiheuro am unrhyw amryfusedd ynglŷn â'r fwydlen. Cynigiodd inni botelaid o *Muscadet sur lie* i wneud iawn am y dryswch. "Ddim *'sur lit'*, diolch," meddwn innau, "ar y bwrdd, os gwelwch yn dda."

Roedd y bwyd ei hun yn dda heb fod yn orchestol. Blas dail carn yr ebol oedd ar y cawl carn yr ebol, er na phrofais y fath gawl o'r blaen ac nis cymeradwywn i neb oni bai eich bod yn blysio blas porfa wlyb. Roedd y Ficer Prichard wrthi'n mynd trwy'i bethau nes iddo sylwi ar ein potelaid o *Muscadet* a daeth i eistedd atom. Tywalltodd wydraid mawr iddo'i hun a rhoi clec iddo ar ei dalcen. Cymerodd wydraid arall gan ddechrau edliw inni am fethu pob gwasanaeth yn ei eglwys ers oes Adda, ac er inni egluro nad oeddem ni'n byw'n unlle'n agos i'w eglwys, ni thyciodd inni ac o'r diwedd bu'n rhaid imi ei ddarbwyllo mai Bwdistiaid oeddem. "Mae hynny'n iawn," meddai. "Awn ni ddim i ddadlau am athrawiaeth. Ac mi rydych chi'n credu yn yr atgyfodiad?"

"O yndan tad, pob atgyfodiad," meddwn innau, "hyd yn oed i hen gimychiaid."

"Pwy wyt ti'n alw'n gimwch?" meddai'r Ficer gan archebu potelaid arall o win ar ein bil ni. Aeth â hi yn ôl at ei fwrdd lle roedd ei gynffonwyr yn aros yn gegrwth amdano fel pe bai wedi eu gadael ers canrifoedd.

Mynnais sylw'r gweinydd gan bwyntio at y botel wag yr oedd y Fic wedi'i llowcio ond ni chymerodd sylw ohonof mwy na chodi'i ysgwyddau. Fe'n hanwybyddwyd am hanner awr arall a ninnau'n gorfod gwrando ar 'La Vie en rose' gan Édith Piaf a 'Sous le ciel de Paris, Hymne à l'amour' a nifer mawr o'i chlasuron eraill. Serch hynny gan nad i gyngerdd y daethom ond i gael pryd o fwyd, nid oedd yr arlwy cerddorol fawr o gysur i ddau ar eu cythlwng. Yn waeth na hynny roedd doethinebu'r Ficer Prichard wrth y bwrdd cyfagos ar gynnydd nes oedd rhai o'i ddilynwyr wrthi'n syrthio ar lawr dan chwerthin o'i hochr hi. Collais bob amynedd a chydio yn llawes y gweinydd.

Gall nad dyna'r adeg orau i wneud hynny ac yntau wrthi'n gwibio heibio ar ei olwynion oblegid collodd ei afael yn yr hambwrdd ac aeth y gwydrau a'r platiau a'r rhew a'r cimychiaid a'r corgimychiaid i bob man ar draws y bwyty. Sadiodd ei hun a sefyll ger ein bron gan dynnu corgimwch o'i wallt. *"Volevi qualcosa, signore?"* meddai.

"Eisiau holi lle mae'n bwyd ni oeddwn i," meddwn innau. "Rydan ni'n aros amdano ers dros hanner awr."

"'Co fe," meddai'r gweinydd gan bwyntio'n ddifater at ddarnau o'r cimychiaid a'r corgimychiaid a'r gwymon a'r rhew o gwmpas ein traed ac ar bennau rhai o'r gwesteion eraill.

"Dylech fod yn fwy gofalus," meddwn innau.

Daeth Monsieur Ruztan atom a golwg wyllt arno. Gwaeddodd mewn Llydaweg arnom ac wedyn mewn Basgeg gan dynnu blew o'i ben a rhincian ei ddannedd. Roedd Édith Piaf yn canu *'Je ne Veux Plus Laver la Vaisselle'*. Gwthiodd Ruztan y gweinydd ar ei olwynion i'r gegin o'r lle daeth atom ddiasbedain pedyll a thrwst sosbenni a rhegi mewn ieithoedd egsotig ac anghyfarwydd gan gynnwys pytiau carbwl o Ladin.

Un munud ar ddeg wedyn (yn ôl y cloc amseru ar fy ffôn) dychwelodd y gweinydd â hambwrdd enfawr ar gledr ei law. Ar yr hambwrdd roedd dwy *cloche* arian. Gosodwyd rheini'n seremonïol o'n blaen. Safodd y gweinydd tu ôl i'm gwraig a safodd Monsieur Ruztan y tu ôl i minnau. Mewn cytgord perffaith codasant y caeadau cromennog a datguddio dau blatiad llydanwych a llwythog o rew a gwymon ac ar ben pob un ddwy *mangetout* wyrddlas iraidd a llachar.

"Lle mae'n bwyd môr ni?" gofynnodd fy ngwraig.

"*Parlyrau'r perl, erwau'r pysg,*" meddai'r gweinydd. "Fe'u codais ac fe'u claddais."

"Ydach chi'n disgwyl inni dalu hanner canpunt yr un am ddwy bysen glec?" meddwn innau.

"Celfyddydwaith," meddai Monsieur Ruztan. "Anrhydeddwch weledigaeth yr artist a thalu teyrnged i'w grefft. Ysgubol, on'd ife, ie, llesmeiriol 'sbo. Fel rheol mae tâl ychwanegol i'w gael am waith y cogydd hwn, ond fe'i cewch am y pris gofyn, hybarch westeion, a mwynhewch."

Roedd y gwaethaf eto i ddod. Naw munud yn ddiweddarach daeth dwy *cloche* arall i'r fei. Codwyd y caeadau gan ddadorchuddio sbloet o liwiau ac arogleuon buarth.

"Be ydi hwn?" meddai fy ngwraig.

"*Je vous présente notre tour de force,*" meddai Ruztan. Gwthiodd ei fys i'r plât i ddangos y naw math o wreiddlysiau amrwd ac heb eu golchi oedd wedi eu gosod y naill am ben y llall. Dangosodd inni'r moron, y betys, y pannas, y rhuddygl, y tatws melys, y rwdins, y maip ac artisiogau Caersalem ac un arall nas cofiaf ei enw, ond a edrychai fel lwmp o bridd ar ffurf goleudy. Gan fod golau bach ym mhen ucha'r goleudy a golwg fod rhyw bryfaid yn byw ynddo penderfynasom mai addurn oedd hwn yn hytrach na rhan o'r saig. Roedd y llysiau hyn, yn ôl Ruztan, wedi ennill gwobrau yn *Llygad y Dydd* ond ni ddywedodd pa flwyddyn. Penderfynais ymatal rhag egluro mai yno ar ran *Llygad y Dydd* oeddem ni, rhag ofn inni beidio cael y profiad arferol y bydd cwsmeriaid eraill yn ei gael.

Seren y sioe heb os nac oni bai oedd cocrotsien fechan (neu'r chwilen ddu fel y'i gelwir gan rai) a ddaeth i ganol y bwrdd ar ôl inni orffen ymgodymu gyda'r llysiau gwraidd, a hithau'n dechrau dawnsio o gwmpas ein gwydrau gan hel twmpathau o bridd a briwsion a'u gwthio'n docyn taclus i ganol y bwrdd. Codais fy llaw i'w difa ond gwaeddodd Monsieur Ruztan *"Ne lazhit ket ma c'hwilig du!"*

Roedd hon yn chwilen hynod, meddai. Roedd hi wedi ei hyfforddi i gyflawni'r gwaith o glirio briwsion a phridd ac i ddawnsio *Gavoten ar menez* ar ôl gorffen.

Nid wyf yn dymuno seinio nodyn negyddol nac anniolchgar ond a ninnau'n holi sut orau yr hoffent inni dalu fe neidiodd y perchennog, Monsieur Ruztan, ar ben y bwrdd â chlamp o fforc yn ei law. "Smo ni'n derbyn cardie talu," sgrechiodd. "Smo ni'n derbyn arian parod. A 'sdim llechen i'w chael yn y tŷ hwn."

"Sut ydan ni i fod i setlo'r cownt, felly?" holais innau.

"Dylech chi fod wedi ystyried 'nny cyn dod yma, y fflamingos uffern," sgrechiodd yn orffwyll gan drywanu'r nenfwd sawl gwaith â'i fforc.

"O'r gorau," meddwn i'n bwyllog. "Os na chawn ni dalu mi fydd yn rhaid imi ffonio'r heddlu inni gael ein harestio." Tybiais o leiaf felly y gallem adael a'n crwyn yn iach.

"Gwnewch fel mynnoch," gwaeddodd gan dynnu'r fforc o'r nenfwd a sbio dan ei guwch arnom. "Sdim ots da fi beth wnewch chi. Dewch, gloi, mas â chi!"

Tybiais nad oedd fiw imi holi am 'baned.

Isafbwynt y noson oedd gorfod ochrgamu'r Ficer Prichard a hwnnw'n chwydu'i berfedd yn y maes parcio. Cododd ei ben o'r bwced a gweiddi arnom, *"Ni cheir gweled mwy o'n hôl nag ôl neidr ar y ddôl."*

"Llygad y dedwydd a wêl y nodwydd," meddai fy ngwraig a'i waldio yn ei asennau â'i hymbarél.

Ar waetha'r mân feiau a grybwyllwyd uchod byddwn i'n sicr yn cymeradwyo'r bwyty hwn i ddarllenwyr *Llygad y Dydd*. Cawsom noson gofiadwy a chwmpeini diddorol. Os goddefir imi gynnig awgrym neu ddau, hoffwn glywed mwy o Wagner ar yr uchelseinydd a llai o Èdith Piaf, hoffwn glywed llai o Ladin o'r gegin a mwy o sylw i'r bwyd. Byddwn yn dychwelyd ymhen y flwyddyn i roi cynnig arall arni gan edrych ymlaen yn eiddgar at yr achlysur.

O ran sylwadau am y bwyd ei hun, does gennyf fawr i'w ddweud gan na chawsom fawr ddim i'w fwyta. Dylwn nodi wrth fynd heibio nad bara cartref oedd y rholion ond darnau o blastig o gegin plentyn. Nid menyn Shir Gâr oedd y sylwedd melyn ar y bwrdd ond saim wedi ei drochi mewn cwstard oer. Nid blodau gwyllt oedd yn y ffiolau ar y byrddau ond drain a dalon poethion ac at hynny nid oeddynt yn gweddu gyda lliw'r llenni. Disafon iawn oedd y papur toiled ac mae angen pwced newydd yn y maes parcio.

Pitw iawn yw'r beiau hyn ac nid oes angen llawer o waith i'w cywiro. Mae wedi bod yn bleser digymysg imi gael adolygu'r sefydliad hwn. Hoffwn nodi, cyn i neb ofyn, nad wyf yn perthyn yn agos iawn i'r perchennog ac nad yw fy ngwraig yn chwaer-yng-nghyfraith i'r prif gogydd. Anaml y'i gwelwn erbyn hyn, heblaw dros y Nadolig ac yn ystod y prif wyliau cyhoeddus.

Byd Newydd Eric

A R GYRN A phibau y cyhoeddwyd y cyfle i greu byd newydd sbon. Rhaid oedd i'r enwebiadau a'r ceisiadau fod mewn llaw rhag blaen. Byddid yn cyhoeddi canlyniad y bleidlais yn sesiwn lawn nesaf yr Uchel Bwyllgor.

"Ewch amdani, Eric," meddai Gwas Hafgan. "Hen bryd i chi gael eich dewis."

"Mi wyddost ti'n iawn nad felly fydd hi," meddai Eric. "Mae enw'r etholedig un eisoes ar hedyn bywyd Arawn ac nid Eric mo'r enw hwnnw. Enw dy feistr di fydd ar yr hedyn eto, mwn. Rŵan, ynglŷn â'r afalau yma…"

"Hwyrach mai'ch enw chi sydd ar yr hedyn tro'ma," meddai gwas Hafgan heb symud oddi ar risiau'r Plas. "Tydi Hafgan ddim eisiau byd arall." Roedd pwn mawr o afalau wrth ei draed a brigau a dail flith draphlith â'r ffrwythau.

"Oes yna rywun wedi dy yrru di?" meddai Eric a'i dalcen yn grych. Cododd afal ar frigyn deiliog o'r pwn a thwll mwydyn yn wyn yn ei ganol. "I bwy mae'r rhain?"

"Afalau i'r Forwyn Fawr," meddai Gwas Hafgan. Rhoes gic i'r pwn. "Lle dach chi isio nhw?"

"Oes yna ffrae arall wedi bod rhwng Hafgan ac Arawn?"

"Dim ond helynt hefo'r cŵn hela eto," meddai Gwas Hafgan.

"Deud wrthyf pwy ddaru dy yrru di," meddai Eric, "neu gei di fynd â'r brigau a'r afalau twll yma'n ôl i lle bynnag gest ti nhw."

"Mi ofynnodd imi beidio deud," meddai Gwas Hafgan.

Galwodd Eric am Was y Stafell. "I bwy mae'r afalau yma?" holodd.

"O'r diwedd," meddai Gwas y Stafell. "Mae'r Forwyn Fawr wedi blino aros amdanat ti. Lle fuest ti? Lawr yn y berllan yn eu hel nhw dy hun?"

"Ia, fel mae'n digwydd," meddai Gwas Hafgan. "Y cenna anniolchgar ichdi."

Tynnodd Gwas y Stafell un o'i fenig gwynion a chodi afal o'r pwn. "Tyllog reit, tydyn?" meddai a'i geg yn camu. "Heb fod yn grwn iawn chwaith."

"Blas nid siâp," meddai Gwas Hafgan. "Dwi dal isio fy nhalu."

"I'r gegin tro nesa," meddai Gwas y Stafell. "Paid â dŵad i fan'ma i darfu ar bawb." Gwisgodd ei faneg yn bwyllog a dal y drws led y pen i'w feistr gamu'n ôl i'r tŷ.

Cododd Gwas Hafgan y pwn ar ei gefn. "Fasa'n rheitiach i chditha ateb drws weithiau yn lle ffalsio hefo'r morynion," galwodd wysg ei gefn.

"I be'r oedden ni angen cymaint o afalau?" gofynnodd Eric.

"Crymbl afalau i bwdin heno, feistr," meddai Gwas y Stafell gan hebrwng Eric at ddrws y fyfyrgell. "Union fel dach chi'n ei licio fo."

"Hwyrach felly," meddai Eric yn ddidaro. "Mae'n ddiamau bod fitaminau anhepgor yn y croen." Teimlai'r prynhawnol hedd yn galw arno. Tynnodd ei fawd fel blaen swch i agor cwys yn un o'i hen gyfrolau. Dechreuodd feddwl am gymhwysiad amser mewn galaethau haniaethol. Penderfynodd y byddai'n bwnc buddiol a pherthnasol i'w ystyried tan amser te.

Un ben bore ymhen yr wythnos roedd cyffro yng nghynteddau Plas Eric. Clywid clepian drysau a sŵn sodlau main ar farmor gwyn. Cododd Eric ei ben oddi ar ei obennydd i glustfeinio. Ar hynny dyma Was y Stafell i'r llofft a'i wynt yn ei ddwrn a darn o bapur fel hances sidan yn ei law.

Estynnodd Eric ei law am y papur. "Pwy oedd yn drws?"

Daliodd Gwas y Stafell y papur at ei frest. "Arianrhod," meddai. "Maen nhw isio chi yn yr Uchel Bwyllgor heno."

Neidiodd Eric o'i wely. "Lle'r aeth hi?" gwaeddodd gan grafangu am y nodyn. "Be oedd ar dy ben di i adael iddi fynd?" Cipiodd y papur o ddwylo'r gwas a chwilio am rywbeth caled i'w daflyd ato. Cododd lwmp o blwm oddi ar ei fwrdd erchwyn.

"Mae hi lawr grisiau," meddai Gwas y Stafell. "Gwŷs Arawn ydi hon ddaeth hi ichi."

Rhoes Eric y plwm yn ôl yn ei le. "Rhaid imi fynd ati." Camodd tuag at y drws.

"Mi dach chi dal yn eich coban, feistr," meddai Gwas y Stafell.

"Pam na fyddet ti wedi gwisgo amdanaf cyn rŵan, y gwalch?" meddai Eric. "A pheth arall, rhaid iti roi'r gorau i ddarllen fy ngohebiaeth bersonol fel hyn. Mae yna stremps jam ac olion bysedd ar hyd fy mhapurau ar dy ôl."

"Fel y mynnoch, feistr." Craffodd ar bennau bysedd ei fenig gwynion fel pe bai'n eu cyfri. "Dim ond llenwi bwlch ers ichi ddangos pen lôn i'r Ysgrifennydd Sefydlog, feistr."

"Ia, ia, dyna ni," meddai Eric. "Dos i ofyn i'r Forwyn Fawr hulio llond hambwrdd o bethau bach mân a melys a phaned hefo'r llestri cadw. Dwi'n ddigon 'tebol i wisgo amdanaf fy hun."

"Iawn, feistr," meddai Gwas y Stafell. "Hawdd cynnau tân ar hen aelwyd," ychwanegodd wrth droi am y drws.

"Be ddeudaist ti?" meddai Eric.

"Dweud fy mod i wedi cynnau tân yn y parlwr gorau," meddai Gwas y Stafell. "Mae hi'n brigo'n arw bore'ma."

Nid oedd y tân wedi torri ias y parlwr gorau a golau'r fflamau'n gwthio dim gwres ar hyd y parwydydd. Rhoes Arianrhod ei chwpan dsieina denau ar y soser a chodi cornel napcyn i dynnu briwsionyn dychmygol o gornel ei gwefus. "Dwi'n falch dy fod ti wedi cynnig dy enw i'r Uchel Bwyllgor," meddai.

Prociodd Eric y tân i hel gwreichion i fyny'r simdde. "A wnes i'r peth iawn, dŵad?"

"Do siŵr iawn."

"Wyt ti'n meddwl y byddai pethau wedi bod yn wahanol petawn i wedi cael byd o'r blaen?" meddai Eric. "Ai dyna pam y troist fi heibio?"

"Dim byd o'r fath," meddai Arianrhod. 'Duwiau ydan ni, rŵan, nid plantos, Eric. Dwi yma i'th helpu i gyrraedd lle bynnag ti angen mynd."

"Dwi ddim angen mynd i nunlla," meddai Eric. "Fyddwn i'n ddigon hapus lle bynnag fyddwn i hefo ti."

"Waeth iti heb â byw â'th ben yn dy blu." Cododd ei bag llaw a'i osod ar ei phen glin. "Well imi fynd," meddai.

"Aros am ychydig eto," meddai Eric.

"Mi fydda i yn fy ngwaith hefo Arawn heno," meddai. "Neith o ddim byd i baratoi. Noson fawr i chditha, Eric?"

Cododd ar ei thraed a'i sodlau uchel yn rhoi gwaith i Eric ymestyn ar flaenau'i draed i roi sws ar ymyl ei boch.

"Mi wnawn fyd cystal â neb," meddai Eric. "Pwy ydi'r mân dduwiau diffaith yma sy'n cael cyfle pob gafael? Be wnaeth yr Hafgan feddw yna i gael ei ddewis bob tro a finnau'n cael dim?"

"Hwda, Eric," meddai Arianrhod. Gwthiodd ronyn fel gronyn pupur du i'w law. "Dyma hedyn bywyd. Cadw hwn yn enw'r byd nes delo dy dro dithau."

Craffodd Eric ar yr hedyn. "Wela i ddim enw arno fo."

"Mae enw pawb arno fo ac enw neb," meddai Arianrhod.

Lapiodd Eric yr hedyn yn ei hances boced goch. "Geith Gwas y Stafell ddŵad hefo fi?"

"Na cheith, Eric," meddai Arianrhod.

Cafodd Eric wisgo'i ddillad hela ar gyfer yr Uchel Bwyllgor. Dywedodd Gwas y Stafell ei fod o'n edrych yn drwsiadus dros ben. Parciodd y gwas y car llusg wrth odre'r grisiau mawr a neidio allan i ddal drws y cerbyd i'w feistr ac estyn iddo'i het hela ceirw.

Roedd sodlau Eric yn canu fel clychau ar gerrig y grisiau o ris i ris nes cyrraedd teras y Neuadd a'i ganllawiau llyfnion yn ymestyn i bob cyfeiriad o gwmpas y cwrt eang o flaen y pyrth. Roedd ei goler starts yn brathu croen ei wddf a'r trywsus dal adar yn torri mewn i'w ganol.

Tynnodd ei het a chamu trwy'r drysau a agorwyd iddo.

Roedd llond y Neuadd yn yfed gwin o dduwiau ac is-dduwiau. "Su'mai?" meddai Eric wrth rai nas gwelsai ers talwm. Roedd cylch o golofnau oddi amgylch y neuadd a'r rheini'n cynnal muriau cywrain y gromen a godai i'r mwrllwch heb ddim i'w weld oddi uchod ond yr entrych a phigau'r sêr. Nid wrth reddf y byddai Eric yn camu i ganol criw dieithr o dduwiau talog a ffroenuchel, a safodd yn ei unfan a'i gefn at un o'r colofnau a'i baned yn ei law. Tybiodd fod Arianrhod yn ei wylio er na welai mohoni. Sylwodd ar Hafgan fel clwt ar ei fainc a'i ffiol win yn ei law a'i glochdar yn atseinio fel cerrig pwll chwarel. Ar ben draw'r rhes eisteddai Coel Hen ar ei ben ei hun a hwnnw'n ysgwyd ei ben ac yn plethu a dad-blethu'i fysedd gan fân siarad hefo fo'i hun yn ei ddull dihafal ac anghyfiaith. Yn y rhes flaen roedd nifer o is-dduwiau newydd eu dyrchafu a'r rheini a'u nodlyfrau ar agor a'u penseli'n barod.

Yng nghanol y neuadd yn wên o glust i glust eisteddai Arawn ar ei orsedd ar yr esgynlawr. Deuai ribidirês o ymgeiswyr ac ymgreinwyr heibio fesul un i dderbyn ffafr neu i ymbil am drugaredd. Dim ond ambell un fyddai'n cael ei lusgo o'r llawr a'i wthio trwy ddrws y cefn. Daliai gorn bual yn ei law o'r hwn y drachtiai rhwng bob cyfarchiad a'r Distain wrth ei benelin yn ei ail-lenwi'n selog. Cododd Arawn ei ben a gweld Eric a'i lygad arno. "Hei, Eric," gwaeddodd yn floesg ac amneidio arno.

Ond nid at Arawn y cafodd Eric ei hebrwng gan yr Ystlyswr ond at bulpud bach cul ar ganol y llawr yn union islaw'r esgynlawr. Cymerodd yr Ystlyswr ei het a'i thaflu ar y bwrdd o'i flaen. "Adnoddau arbennig?" meddai'r Ystlyswr gan gymryd cwpan a soser Eric o'i law.

"Adnoddau?"

"Sgynnon ni ddim," meddai'r Ystlyswr.

Penderfynodd Eric gynnig geiriau dethol ac ystyrlon i'r duwiau y byddent yn siŵr o'u gwerthfawrogi a'u trysori fel perlau diamser yn oes oesoedd. Wedi'r cyfan, nid prentis mohono mwyach, diolch yn fawr, ac nid wrth draed meistri'r canrifoedd oedd ei le mwyach ond ar eu deheulaw. Dyma'i awr a dyma'i gyfle i ddangos o ba radd yr oedd ei wreiddyn. Pesychodd Eric a chodi ei ben a gweld Arawn yn syllu arno o'i gadair.

Cododd Arawn ei law a galw am osteg yn yr Uchel Bwyllgor. Sodrodd ei ddwy benelin ar freichiau'r orsedd a phlygu ymlaen. "Ia wir, Eric," meddai heb swnio'n orfoleddus iawn. "A glywaist ganlyniad y bleidlais gudd a chyfrin a gynhaliwyd heno?"

"Naddo," meddai Eric.

"Naddo, achos chafodd o mo'i gyhoeddi eto," meddai Arawn. "Felly dyma gyhoeddi mai dy enw di sydd ar yr hedyn. Be sydd gen ti i'w ddweud am hyn'na?"

"Llanast!" Gwaeddodd Hafgan a'i win coch yn glafoeri o'i drwyn a'i geg fel gwaedlyn morlo.

"Taw dithau," gwaeddodd Arawn. "Rŵan Eric, nid dyma'r tro cyntaf iti geisio am yr hedyn ond dyma'r tro cyntaf iti gael dy enw arno, ydw i'n iawn?"

"Yndach," meddai Eric.

"Ac mi wn mor daer yr oeddet ti am weld dy enw arno fo." Cododd Arawn hedyn bach du ar gledr ei law. "Felly mi wn y byddi di wedi ymlafnio o fore gwyn tan nos ar araith addas, amserol a diderfyn, ydw i'n iawn?"

"Yndach," meddai Eric.

"Hidia befo," meddai Arawn. "Mae hi wedi mynd yn hwyr a does yma neb isio'i chlywed hi."

Sylwodd Eric ar lifoleuadau llongau awyr yn tasgu ar draws düwch y ffenestri. Gwelodd fod sawl un o blith y rhengoedd wrthi'n hepian cysgu a rhai'n chwyrnu.

"Nid oes gennyf ond dy longyfarch ar ran yr Uchel Bwyllgor," meddai Arawn wedyn. Daeth Arianrhod draw ato o'r cefn a llyfr bach coch yn ei llaw. "Mi fyddi di angen hwn," ychwanegodd Arawn a rhoi'r llyfr ar glustog melfaréd a ddaliai un o'r ystlyswyr. "Ac yn olaf, hwda'r hedyn." Rhoes glec ar ei fawd i chwyrlïo'r hedyn i'r awyr uwch ei ben a hwnnw'n gwneud siâp bwa wrth groesi'r gwagle fel enfys dros draeth ac Eric a'i fraich yn ymestyn fel maeswr criced hirddydd haf yn methu'r hedyn gan syrthio'n glewt i ganol y llawr. Cododd yn ara' deg a'i hances goch yn ei law i guro'r llwch oddi ar ei ddillad.

"Hen dro, Eric," galwodd Arawn. "Dim byd heb hedyn bywyd."

Cododd Eric ei law a dangos gronyn bach du rhwng ei fys a'i fawd. "Hedyn bywyd," meddai a'i lapio'n ofalus yn ôl yn ei hances. Cafwyd siffrwd o gymeradwyaeth gan rai o'r duwiau. Plygodd Eric ei ben atyn nhw ac at Arawn a chamu o'r llwyfan a'r llyfr bach coch yn ei law.

Cafodd Eric ganiatâd i bicio adref i hel ei fag at y siwrnai a'i ddanfon ar ei ben wedyn yn y car llusg cyn belled â gorsaf llu'r uchelfannau. Twtiodd Gwas y Stafell yr hances goch a eginai o boced frest Eric a chamu'n ôl. "Da boch, feistr bach," meddai wrth ei wylio'n mynd trwy'r pyrth awyr.

Cydiodd gofotwas ym mag Eric a'i hebrwng i'r llain lanio lle cafodd ei sodro'n ei deithgell ar gludlong y Sidydd. Gwibiodd honno mor chwim nes gyrru amser o chwith a throi'r oriau'n groes i'r cloc. Gwyliodd Eric fysedd ei oriawr boced yn corddi fel trobwll ac yna'n gostegu fel hwyliau melin ac aros cyn ailgychwyn y ffordd iawn. Daeth llais dros yr uchelseinydd i gyhoeddi cyrraedd parthau'r Sidydd. Datodwyd rhwymau Eric a chamodd o'r deithgell. Pan ofynnodd am ei fag rhoddwyd iddo addewid y byddai ar y gludlong nesaf yn ddi-ffael os byddai un.

Nid ar ben ei ddigon oedd Eric heb ei fag yn nhywyllwch y llonyddwch mawr. Astudiodd gyfesurynnau perthynoledd ei oriawr i sicrhau ei fod o'n y lle iawn. Aeth i'w boced i estyn y llyfr bach coch a chael brawiau fel dyn yn boddi pan gofiodd osod y llyfr yn dwt yng ngwaelod ei fag. Nid oedd yn ei boced ond yr hances goch a'r gronyn du yn ei chanol. "Dim ond byd dwi angen rŵan," meddai gan edrych o'i gwmpas yn obeithiol. Toc sylwodd ar farblen wyllt yn chwyrlïo tuag ato o drobwll y Sidydd a honno'n chwyddo fel swigen wrth droelli a throi ac mewn dipyn roedd hi'r un faint â byd go lew.

Gwelsai Eric sawl byd gwell na hwn, un llwm ar y naw heb fawr arno namyn llanast a llwch. "Rhy sych o lawer." Ysgydwodd ei ben yn siomedig.

Ar hynny dyma ru enbyd ac yntau'n gweld dyfroedd yn dygyfor o bob cyfeiriad a'r ewyn yn corddi dros wyneb y ddaear. Aeth i gael golwg ar ei fyd newydd. Cododd ar adain y gwynt a'i ysbryd yn ymsymud ar wyneb y dyfroedd a'i draed yn aredig y tonnau.

"Mae eisiau gwell golau imi weld be dwi'n ei wneud yma," meddai. A dyma'r wawr yn codi dros erchwyn y byd. Rhoes yr enw 'dydd' ar y rhan olau o'r diwrnod a 'nos' ar y gweddill. A'r hwyr a fu a'r bore a fu y dydd cyntaf.

Drannoeth y bore rhoes Eric awyr iach i lenwi rhwng y wybren a'r dyfroedd. Rhwng hynny a chael enfysau a chymylau a chawodydd mi aeth y diwrnod i rywle ac aeth hi'n nos a dydd yr ail ddiwrnod.

"Caiff y dŵr yma ildio lle i'r tir," meddai ac yn unol â'i air daeth trai mawr a llusgo'r tonnau o'r neilltu a gwneud lle i'r bryniau a'r iseldiroedd. Galwodd Eric am laswellt ar y tir a llwyni a blodau a choedydd. Ac wele'r tir yn glasu a'r coed yn deilio a ffrwythau fel clychau'n sgleinio rhwng y dail. Gwelodd Eric fod hyn yn dda ac roedd nos a dydd y trydydd diwrnod.

Cofiodd Eric nad oedd eto wedi gosod yr haul na'r lleuad yn eu lleoedd priodol na threfnu'r sêr. Roedd hyn i gyd yn fwy o waith nag a ragdybiasai ac erbyn iddo orffen roedd hi'n nos a dydd y pedwerydd diwrnod.

"Rŵan, 'ta," meddai Eric drannoeth y bore, "dwi'n awyddus i gael llond y môr o bysgod a morfilod a chreaduriaid croenllyfn a ffliperog." Chwap ar hynny dyma fo'n gweld creaduriaid enfawr yn cordeddu dan y tonnau a heigiau o 'slywod a sardinau a silidóns yn cythru i'w cilfachau i'w hosgoi.

"Gawn ni lenwi'r awyr rŵan gydag adar amryliw," meddai ac ar y gair clywodd sgrechian o'r coed a chwibanu o'r mynydd a chrawcian o'r cwmwl a gwelai heidiau o adar wrthi'n plymio a fflachio o'i gylch ac uwch ei ben. A gwelodd fod hyn yn eithaf da. Ac roedd nos a dydd y pumed diwrnod.

Pan edrychodd Eric dros ei waith gwelai'r tir yn wag a'r borfa heb ei phori. Deisyfai fwystfilod y maes a llydnod hynod, chwenychai ddyfrgwn a madfeill, blysiai grwbanod a llyffaint, gwelai eisiau trychfilod ac arfilod, yn wir nid oedd un dim na welai mo'i angen o ran gwylltfilod anturus a chyffrous. Gwelodd hyn a phan gododd ei olygon i gwr y coed roedd myrdd o lygaid yn syllu arno o'r cysgodion ac o'r paith daeth i'w glyw udo ac ubain a brefu a gwelodd lwch fel tarth dan garnau blaenllym. Ar awel y cyfnos nofiai cymylau o wybed mân a phiwiaid a phryfaid aflonydd. "Dwi'm yn siŵr am y piwiaid," meddai gan grafu'i gorun a'i arleisiau. Toc anghofiodd ei gyfyng-gyngor wrth wylio dawns igam-ogam y gwenyn ar y grug. Gwelodd bod hyn i gyd yn dda ac eto byth nid oedd yn ddigon.

Plygodd Eric a chodi dyrnaid o glai o'r ddaear a'i weithio rhwng ei fys a'i fawd i ffurfio bod dynol ar ddelw'r duwiau a chwythodd anadl i'w ffroenau i'w animeiddio.

Agorodd y dyn ei lygaid. "Su'mai?" meddai.

Sychodd Eric ei ddwylo ar sypyn o laswellt ac astudio'r dyn.

"Rhaid iti orffwys," meddai Eric wrtho.

"Dwi ddim wedi blino," meddai'r dyn.

"Mae hi'n ddydd Sul fory," meddai Eric. "Y seithfed dydd. Rhaid iti orffwys ar y seithfed dydd, dyna'r rheol. Dos i orwedd dan y balmwydden ar lan yr afon acw."

Daliai'r dyn i syllu ar Eric heb symud bawd na throed na dweud un gair. Cododd Eric ei ysgwyddau a cherdded ymaith, a'r nos a fu a'r bore a fu y chweched diwrnod.

Wedyn roedd hi'n ddydd Sul a chafodd Eric lonydd i ymlacio a llaesu dwylo ac ni wnaeth fawr o ddim oedd yn werth ei gofnodi. A'r nos a fu a'r bore a fu y seithfed dydd.

Ben bore Llun aeth Eric ati i ddiwyllio darn o dir yn Edern a chodi clawdd a phlannu perllan. Sychodd chwys ei dalcen a gweld hedyn bywyd Arianrhod ym mhlyg yr hances goch yn ei law a'i blannu ger ffynnon mewn llannerch yn ei berllan. Roedd pridd da yn Edern yr adeg honno ac o fewn dim roedd yr hedyn wedi egino fel coeden ffa a'r dail fel rhwyd pysgota dros y llannerch.

Pan oedd bob dim yn barod aeth Eric i chwilio am yr un a wnaeth o wynt a chlai, a chafodd hyd iddo ar ei fol ar lan yr afon wrthi fel lladd nadroedd yn waldio'r dŵr hefo ffon.

"Be ti'n neud?" meddai Eric.

"Pysgota," meddai'r dyn.

"Hwyrach dy fod angen peth arweiniad o ran y dechneg," meddai Eric. "Wyt ti'n hoff o ffrwythau?"

"Welais i 'rioed ffrwythyn," meddai'r dyn.

Aeth Eric â fo i Edern i weld yr ardd. Eglurodd iddo rinweddau'r cnau a'r ffrwythau a dangos iddo'r ffrwd a'r ffynnon a'r llannerch a'i choeden fawr gadeiriog. "Dy berllan di ydi hon," meddai Eric. "Cym di hynny leici di o'r ffrwythau."

"Clên," meddai'r dyn â llond ei geg o eirin duon.

"Ond dim byd o'r goeden acw."

"Dy goeden di ydi hi, ia?" meddai'r dyn gan boeri cerrig eirin i'w ddwrn.

"Gwenwyn pur," meddai Eric, "Os cymri di'r ffrwythau fyddi di'n siŵr o farw."

"Be arall sy'n yn y berllan, 'ta?" holodd y dyn.

"Gei di dyfu beth bynnag fynni di," meddai Eric.

Aeth y ddau i eistedd ar dalp o graig yn ymyl y ffynnon a gwrando ar y dŵr yn taro ar y cerrig. "Mi roedd yna rywbeth arall roeddwn i am ei drafod hefo ti," meddai Eric.

Edrychodd y dyn ar Eric. "Ynglŷn â'r gwersi pysgota?"

"Nid dyna oedd gen i dan sylw." Rhoes Eric ei law ar ysgwydd y dyn. "Teimlo'r oeddwn i dy fod ti braidd yn unig."

"Oes gen i ddewis?" meddai'r dyn

"Weli di aneirif rywogaethau nef a daear?" Chwifiodd Eric ei law o gylch ei ben. "Oni weli di'r rhain a phob un â'i gymar i'w gynnal a'i gysuro."

"Gwelaf," meddai'r dyn. "Ond dwi ddim isio anifail anwes."

"Nagoes," meddai Eric. "Cymar sydd ei angen arnat ti." Rhoes ei fys ar wefus y dyn a'i law ar ei dalcen a'i wthio i'r llawr nes aeth i bendwmpian a chysgu'n sownd.

Tynnodd Eric asen o ystlys y dyn a ffurfio Gwraig o'r asgwrn. Chwythodd i'w ffroenau i roi bywyd iddi.

Agorodd y Wraig ei llygaid a chodi ar ei thraed. "Pwy 'di hwn?" meddai a rhoi cic i'r cysgadur ar lawr. Mwmiodd hwnnw rywbeth rhwng ei ddannedd.

"Dy Ŵr di ydi hwn," meddai Eric.

"Diogyn, ia?" meddai'r Wraig a rhoi blaen troed arall iddo'n ei ystlys.

"Ow!" meddai'r Gŵr a bustachu i'w draed. "Ti 'di rhoi pigyn yn fy ochor i rŵan."

"Gei di bigyn yn dy ochr," meddai'r Wraig. "Be ti'n da'n chwyrnu ar lawr cefn dydd golau? Be wyt ti, ffwlbart?"

Gwelodd Eric bod y ddau'n dallt ei gilydd a gweld bod hynny'n argoeli'n dda.

Yn y dyddiau hynny, mewn ffau ym môn y pren, trigai gwiber o'r enw Sarffig. Gwarchod coeden Eric oedd gwaith Sarffig ac Eric a'i rhoes yno ac a ddysgodd iddi sut i gyflawni'r swydd. Ni roes Eric freichiau na choesau i Sarffig fel nad elai i ddwyn ffrwythau o'r brigau uwch ei phen. Felly byddai Sarffig yn aros iddynt gwympo i'r llawr a'u bwyta pan fynnai.

Un bore gwyn roedd Sarffig wrthi'n pluo'i ffau pan glywodd y ddaear uwch ei phen yn crynu a gwyddai bod rhywun yn troedio'i llannerch. Brathodd ei phen o geg y twll. Gwyliodd y Wraig yn golchi'i thraed yn y ffynnon a'i gwallt yn llaes dros ei hysgwydd dde. Llithrodd Sarffig yn nes ati i'w gwylio'n ymolchi.

"Helô," meddai'r Wraig. "Pwy wyt ti?"

"Sarffig," meddai. "Fi sy'n gwarchod y goeden, 'sti."

"Ydi o'n waith caled, Sarffig?"

"Ddim felly," meddai'r neidr gan geisio peidio gwthio'i thafod allan o'i cheg. "Fawr o neb yn dŵad ar gyfyl y lle 'ma, 'sti. Ydi o'n wir na chei di ddim cyffwrdd ffrwythau'r berllan?"

"Dim byd o'r fath," meddai'r Wraig. "Gawn ni hynny 'dan ni isio ohonyn nhw heblaw'r rhain." Pwyntiodd at y ffrwythau a grogai o'r brigau trymlwythog. "Mae'r Gŵr yn dweud bod rhain yn wenwyn. Yr hen gono yna sy'n crwydro'r ardd yn ei goban wedi'i siarsio fo i beidio'u bwyta nhw. Diolch dy fod tithau yma i'n gwarchod ni rhag y drwg."

"Ia, ond tydyn nhw ddim yn wenwyn, 'sti," meddai Sarffig. "Eric sy'n ffwndro eto, mwn. Rhain ydi ffrwythau gorau'r berllan. Dim ond rhain dwi'n eu bwyta ac edrych arna i, tydw i'n iach fel cneuan? Bwyd y duwiau ydi'r rhain sy'n dangos y gwir a'r goleuni iti os cymri di nhw." Cododd Sarffig ei phen a'i llygaid yn loyw fel dwy berl ddu ar groen ei thalcen.

Aeth y Wraig i chwilio am y Gŵr i ddweud stori Sarffig wrtho. Nid oedd wedi gwella llawer ar ei dechneg bysgota. Taflodd y Wraig ei ffon i'r afon a chydio'n ei law. "Ty'd hefo fi," meddai a'i dynnu at fôn y pren. Cododd un o'r ffrwythau oddi ar lawr a suddo'i dannedd i'r croen.

"Paid!" gwaeddodd y Gŵr.

"Pam?" meddai hithau. "Sbia, tydw i ddim gwaeth." Estynnodd un i'w Gŵr.

"Melys," meddai yntau. "Be ydi'r golau rhyfedd yna?" Gwelent oleuni'n ymrolio tuag atynt fel tonnau'r môr a'r byd yn stond ac yn astud a hwythau'n gweld yn y golau gwyn ryw ystyr hud a deall heibio pob deall, nes i glatsio'r ffynnon dorri eto ar eu clyw a hwythau'n clywed gwres newydd yn llenwi eu gruddiau.

Daeth Sarffig o'i thwll ac edrych o'r naill i'r llall. "Be dach chi'n feddwl o'r ffrwythau, 'ta?"

"Da," meddai'r Wraig.

"Syfrdanol," meddai'r Gŵr. "Ydi Eric wedi eu trio nhw?"

Ar hynny dyma sŵn bustachu a thuchan o gyfeiriad y llwybr a chlecian brigau ac aeth y ddau i guddio mewn llwyn. Llithrodd Sarffig ar ei phen yn ôl i'w thwll.

Safodd Eric yn stond ar gwr y coed a'i fochau'n gochion a golwg wyllt yn ei lygaid. "Dewch o'r llwyn y munud yma," bytheiriodd.

O lech i lwyn daeth y ddau o'u lloches a sefyll ger ei fron.

"Pam oeddech chi'n cuddio oddi wrthyf?" meddai Eric.

"Dychryn dy glywed di'n dŵad fel dyn gwyllt amdanom ni," meddai'r Gŵr. "A ninnau'n noethlymun groen."

"Aethon ni i hel dail i wneud peisiau," meddai'r Wraig.

"Ydach chi wedi bod yn dwyn ffrwythau?"

"Mi fedra i egluro," meddai'r Gŵr.

"Egluro?" gwaeddodd Eric. "Sut medri di 'egluro' peth fel hyn!"

"Y Wraig ddeudodd…"

"Wel y bradwr bach dan din," meddai'r Wraig a'i llygaid yn wenfflam.

"Ydi hyn yn wir?" Syllodd Eric i fyw ei llygaid.

"Dy sarff di ddeudodd wrtha i eu bod nhw'n iawn i'w bwyta," meddai'r Wraig.

"O, wela i," meddai Eric. "Bai Sarffig ydi o rŵan, ia?"

"Nacia," meddai'r Wraig. "Dy fai di ydi o, Eric."

"Pwy ddywedodd fy enw wrthyt?" Edrychai'n flin fel tincer. "A beth am y rhybudd rois iti am y ffrwythau?"

"Pa rybudd?" meddai'r Wraig. "Ches i ddim rhybudd gen ti. Mi glywais stori bìn gan y Gŵr eu bod nhw'n beryg bywyd, dyna'r cwbwl."

"Ia, tydi'r ffrwythau ddim yn wenwyn," meddai'r Gŵr. "Wyt ti wedi'u trio nhw, Eric?"

"Cau dy geg," meddai Eric. "Lle mae Sarffig?"

"Helô, Eric," meddai Sarffig a'i phen allan o'i ffau. "Paid â bod yn flin."

"Dwi ddim yn flin," meddai Eric. "Dwi'n lloerig. Be oedd ar dy ben di i hwrjio'r ffrwythau ar y ddau?"

Edrychodd Sarffig arno. "Ti a'm gwnaeth ac nid fi fy hunan," meddai. "Dy sarff di ydwyf ac ymlusgiad dy borfa."

"Y wiber warthus iti!" sgrechiodd Eric ac anelu blaen troed at ei phen. Gwibiodd hithau o'r ffordd ac aeth ei droed yn erbyn carreg.

"Mi dy felltithiaf di am hyn, y llyngyren aflawen iti," gwaeddodd gan neidio ar un goes a phwyntio bys at ei chuddfan. "O hyn allan mi gei di lusgo ar dy fol a llyfu llwch y llawr holl ddyddiau dy oes."

"Helô," meddai'r sarff, "dyna dwi'n ei wneud eisoes."

"Gad lonydd i Sarffig, y bwli mawr," meddai'r Wraig. "Ers pryd mae deud y gwir yn bechod marwol?"

"Paid tithau â chymryd dy siomi," meddai Eric wrthi. "Gei dithau dy gosbi am hyn o anfadwaith." Roedd wedi sadio erbyn hyn a'i ddwy goes ar y ddaear. "O hyn allan y Gŵr fydd dy feistr di ac mi gei dithau golli pob hawl a gefaist a bod yn eilradd ym mhob dim. Dwi'n rhoi'r awenau yn ei ddwylo fo."

"Wyt ti'n gall?" meddai'r Wraig. "Ti ddim am roi'r cwtrin yma'n bennaeth ar y byd a'i bethau?"

"Yndw," meddai Eric.

"Wel dyna ni, 'ta," meddai. "Gei di ganu'n iach â'r ddaear hon achos i ebargofiant eith hi hefo'r pen llwdwn yma yng ngofal y sioe. Hwn sy'n meddwl mai waldio pethau hefo ffon ydi'r ateb i bob dim. Dach chi o'ch dau mor hurt â'ch gilydd."

"Dwi 'di clywed hen ddigon o dy lol di," meddai Eric. "Dwi'n eich alltudio chi am byth o'r berllan. Dacw hi'r giât. Ewch o'm golwg."

"A finnau?" meddai'r Sarff.

"Yn enwedig chdithau," meddai Eric.

Cychwynnodd y tri am y giât wen. "Hwdiwch," gwaeddodd ar eu hôl a lluchio tocyn o grwyn anifeiliaid atyn nhw. "Waeth ichi gael rhain i'w gwisgo yn y byd."

"Oes yna un bach i mi?" meddai Sarffig.

"Nagoes," meddai Eric. "Rŵan, gleuwch hi cyn imi alw'r ceriwbiaid a'r seraffiaid i'ch fflangellu â'u cleddyfau tân."

Gwyliodd Eric ei driawd yn croesi'r llannerch y naill ar ôl y llall fel ŵyn hyd lwybr eu cynefin. Wedi iddyn nhw fynd aeth i hel hadau dan y goeden a'u lapio'n ei hances. Wedyn aeth i gloi'r giât a rhoi angel cleddyf tân i'w gwarchod a'i siarsio i beidio ei hagor i neb dan unrhyw amgylchiadau.

Rai canrifoedd wedyn ac yntau ar wastad ei gefn yn

ei wely'n synfyfyrio am lyfnion hafodlasau'r nef clywodd
Eric gynnwrf yn ei gyntedd. Aeth at ffenest ei lofft a gweld
Gwas Hafgan ar y rhiniog a dwy ŵydd dew ganddo gerfydd
eu gyddfau. Roedd Gwas y Stafell yntau'n amneidio ac yn
pwyntio ond ni allai Eric glywed y geiriau. Gwisgodd ei ŵn
llofft a'i fflachod ac aeth i lawr y grisiau i weld beth oedd
achos yr helynt.

"Pnawn da, feistr," meddai Gwas Hafgan pan welodd
Eric.

"Pa ran o 'ddrws y gegin' ti'n methu'i ddeall?" meddai
Gwas y Stafell. "I be wyt ti'n dŵad â'r da pluog afiach yma
i'r brif fynedfa?"

"Eisiau iti weld eu safon nhw," meddai Gwas Hafgan,
"Eisiau iti weld eu plu claerwyn esmwyth a chlywed eu
pwysau cyn i'r Forwyn Fawr redeg atat ti a deud mai dau
gyw dryw ceiniog a dimai gafodd hi."

"Mae yna rywbeth amgenach na gwyddau yn yr arfaeth,
onid oes, Was Hafgan?" meddai Eric.

"Oes, feistr," meddai Gwas Hafgan. "Mae gen i chwiaid
Llyn Llyw ichi yn fy sgrepan ac mae Arianrhod am ichi
daro heibio'r Neuadd heno."

"Lle mae'r llythyr?" meddai Gwas y Stafell.

"Y clagwydd yma wedi ei lyncu o cyn imi lindagu o,"
meddai Gwas Hafgan. "Gofyn i'r Forwyn Fawr estyn o ichi
pan mae hi'n eu trin nhw."

"Dos â nhw o'ma'r munud yma," meddai Gwas y Stafell. "Dewch, feistr, well inni fynd i baratoi at heno." Aeth i gau'r drws ond roedd troed Gwas Hafgan yn y ffordd.

"Talu," meddai gan estyn ei law.

"Hwda," meddai Gwas y Stafell a chau'r drws yn glep yn ei wyneb.

Penderfynodd Eric bod yn well iddo ymwroli ac arddel ei arfwisg ar gyfer achlysur o'r fath. "Lle mae fy ngwisg arwr i?"

"Dwi wedi ei pharatoi hi ichi," meddai Gwas y Stafell. "Dyma'r benwisg ddur a'r llurig a'r siyrcyn a dacw'r darian a'r cleddyf a'r fidog a phob dim yn eu lle ac yn sgleinio fel swllt. Ylwch y benwisg, feistr, gwelwch fel dwi 'di'i rhwbio hi ichi weld eich gwyneb ynddi hi."

"Mae gen i ddrych ar y wal taswn i am weld fy ngwyneb, diolch," meddai Eric. "Rŵan, lle mae'r hadau yna?"

"Silff ben tân," meddai Gwas y Stafell.

Ni wyddai Eric beth oedd yr ias a gerddai'i gnawd wrth esgyn y grisiau mawr yn ei arfwisg glonciog. Roedd yn chwys diferu erbyn cyrraedd y teras. Nid oedd ganddo chwyth ar ôl i gyfarch y porthorion a agorai'r pyrth iddo a'i hebrwng o'r naill gyntedd i'r llall a thrwy'r neuaddau.

Yn nrych ei feddwl roedd wedi synied am y cwrdd heno fel brawdlys tyngedfennol ac yntau dan orthrwm erlynydd dialgar a di-ildio ond ymlaciodd pan welodd fod paned o de a bisgedi ar gael. Gwelodd Arianrhod yn sgwrsio â Hafgan. Nid paned oedd ym mhawen Hafgan, gellid mentro, ond ffiolaid nobl o win coch. Daeth y Distain at Eric a chynnig gwin iddo. "Dim diolch," meddai Eric. "Paned fyddai'n dda."

"Bechod gwastraffu," meddai Hafgan. "Llenwa hi." Daliodd ei ffiol dan drwyn y Distain.

"Wel sut wyt ti, Eric?" meddai Arianrhod. "Roedd Hafgan a finnau'n sôn amdanat."

"Dim byd da chwaith," meddai Hafgan. "Pa hawl oedd gen ti i ddwyn y byd bach yna oddi arna i?"

"Doeddech chi ddim isio fo yn ôl eich gwas," meddai Eric.

"Be?" gwaeddodd Hafgan. "Reit, mae hi ar ben ar y sbrych deubig hwnnw hefyd." Tynnodd fys o dan ei ên a hoelio'i lygaid pen pìn ar Arianrhod.

"Cau dy ben, Hafgan," meddai hithau. "Gormeswr wyt ti ac un blin a hyll hefyd a does yna neb o'r duwiesau'n dy ffansïo di. A phaid ti byth â dŵad i stelcian dan y Tŵr Gwyn acw eto hefo dy hen delyn deires i ganu fel cwrcath mewn llwyn."

"Paid ti â chymryd dy siomi, y gnawes anghynnes," meddai Hafgan. "Ac mi geith y sbwb Eric yma wybod faint sy tan y Sul hefyd. Mi hanner lladda i'r sinach dauwynebog."

Pesychodd Eric i'w law. "Pwynt o gyngor," meddai. "Dwi ddim yn derbyn 'mod i wedi bod yn ddauwynebog."

"Beth fyddet ti'n galw cydgynllwynio ar ben y rhiniog hefo gwas rhywun arall ynteu, Eric? Dwi 'di clywed dy hanes di. Ti ddim yn driw i neb na dim. Gwae chdi am ymrwymo i sefyll dros Arawn yn fy erbyn i. Ha! Dyna fydd ymryson iti. Ac nid gweithio englyn talcen slip mo hon iti ond maes y gad yn dy arfwisg glec a'th gleddyf chwarae plant i gael dy golbio'n bwdin pys gen i."

"Mae'r union drefniadau hyn yn ddiarth i mi," meddai Eric.

"Wfft iti'r ynfytyn," meddai Hafgan. "Flwyddyn i heno gawn ni weld be ydi lliw dy waed di."

"Mi fydd yn rhaid i chdithau sobri'n gyntaf," meddai Arianrhod.

"O ia," meddai Hafgan gan gydied ynddi gerfydd ei phenelin a cheisio'i chofleidio. "Dwi'n siŵr fod Arawn wrth ei fodd hefo dy gastiau dithau a'r bwbach yma, a chithau'n cyboli fel merlod gwyllt ar Ffridd Rasys ac yn cynnal te partis ar hen aelwydydd."

Ar hynny mi ganwyd cloch i alw pawb i'w lle.

"Ti 'di cael hen ddigon o'r sos coch," meddai Arianrhod wrtho a chipio'r ffiol o'i law a rhoi hwb iddo i'w sedd. "Ista'n fan'na a bihafia."

Aeth Eric i ganol y llawr a gosod ei benwisg ar y bwrdd

o'i flaen. Cododd ei lygaid i'r ail reng a gweld cysgod o wên ar wefusau Arianrhod. Roedd Hafgan yn ei gwman a'i ben dros y sedd o'i flaen. Eisteddai Coel Hen ar flaen ei sedd a chwip fain yn ei law a neb ar ei gyfyl.

"Wel, Eric?" meddai Arawn.

"Ardderchog, diolch," meddai Eric. "Braf cael bod hefo chi yma heno." Gwelodd ddegau o barau o lygaid yn syllu arno. Rhoes iddynt fraslun o'i brentisiaeth, talodd wrogaeth i'w athrawon, rhoes ei farn ar bynciau'r oesau. Ychydig o sylw a roddid i'w eiriau, roedd nifer yn hepian, eraill yn chwarae gwyddbwyll a Coel Hen wrthi'n ei fflangellu'i hun yn ddeddfol gan riddfan fel sant. Penderfynodd dorri'r stori yn ei blas a rhoi hanes y byd a greodd. Cododd yr ysgrifennydd ei gwilsen a phlymio'r blaen i'r potyn inc. Amlinellodd y stori hyd yn hyn fwy neu lai air am air gan ychwanegu iddo ddysgu llawer am y grefft o greu byd ac fel y byddai hynny o fantais y tro nesaf ac yn gaffaeliad mawr. Crafai ysgrifbin yr ysgrifennydd dros y memrwn cyndyn, caled. "Mi welais wawr a machlud a byd newydd yn barod erbyn y seithfed dydd," meddai a stopio'n stond a syllu'n syth yn ei flaen. Deg aelod o'r pwyllgor oedd yn effro. Un o'r rheini oedd Arawn.

"Dwi 'di gwrando arnat yn siarad am bod dim dan haul ers cannoedd o oriau," meddai Arawn. "Ond heb glywed eto pam na ddaru ti ddim cadw at y canllawiau."

"Diolch am eich sylwadau, Gadeirydd Arawn," meddai

Eric. "Braint nid bach yw derbyn geiriau deusill a lluosill o'ch genau…"

"Cau hi'r lob di-glem," gwaeddodd Arawn. "Ateb y cwestiwn neu mi'th sodra i di mewn bocsaid o gerrig a dalon poethion."

"Be oedd y cwestiwn eto, Hybarch Gadeirydd?" Sylwodd ar ei lun yn ei benwisg ddur. Gwelodd bod ei wallt yn denau ac yn fflat ar ei gorun.

"Y canllawiau, Eric?"

"Roedd cymaint i'w wneud a'r amser mor brin…"

"Eric," meddai Arawn. "Mi roeddet ti i fod i ddilyn y canllawiau ond wnest ti ddim. Mi gest ti hedyn i'w blannu. Lle plannaist ti hedyn bywyd?"

"Yn y berllan," meddai Eric.

"Ia," meddai Arawn. "Yn nghanol y lle amlycaf yn y byd i gyd. A rhoi sarff i warchod y lle!"

"Meddwl na fyddai hi ddim yn dwyn ffrwythau a hithau heb freichiau," meddai Eric yn swil.

Fesul un roedd cysgaduriaid fel blodau'r haul yn troi eu hwynebau at y ffrae a moelio'u clustiau. Dadebrodd Hafgan a rhwbio'i lygaid fel pe bai'n gweld sêr.

"A'r llyfr bach coch?" meddai Arawn.

Aeth Eric i'w boced ond sylwodd nad oedd poced yn ei arfwisg. "Tydi'r llyfr ddim gen i, Gadeirydd Arawn," meddai.

"Oedd o gen ti yn y byd newydd?" meddai Arawn.

"Nag oedd," cyfaddefodd Eric.

"Wnest ti ddarllen y llyfr o glawr i glawr a dysgu'r geiriau ar dy gof?"

"Naddo," meddai Eric. "Ond dwi'n adnabod rhai o'r prif themâu…"

"A be ydi'r rheini, ys gwn i?"

"Yr helgwn," meddai Eric. "Mi ddaeth helgwn diarth i lithio ar garw a laddwyd gan eich helgwn chi. Dyna pam dach chi a Hafgan ddim yn ffrindiau."

"Be ddeudaist ti amdanaf i'r llipryn?" bloeddiodd Hafgan gan hanner codi.

"Dan ni'n rhan o chwyldro diderfyn," meddai Eric. "Rhaid inni fod yn effro i ddifa pob chwyn a welom. Dim ond yr uniongred selog geith ymgeledd ac ni ddaw i ran y gweddill cableddus namyn purdan ac uffern a chwip din. A hefyd dan ni ddim i fod i chwennych ych ein cymydog na mynd allan hefo'ch Gwraig chi neu mi gawn gur a gwae a llafur caled holl ddyddiau'n hoes a sesiynau ymwybyddiaeth anwadalrwydd a gwarth cyffredinol."

"Llyfr Hergest ydi hwnna, Eric," meddai Arawn.

"Roedd o'n goch," meddai Eric.

"Lle mae'r hedyn, Eric?"

"Mae'r sglyfaeth wedi'i golli o," gwaeddodd Hafgan. "Yn do, washi? Ty'd 'laen, Eric, lle mae'r hedyn!"

"Dyma fo," meddai Eric gan godi'r hedyn rhwng ei fys a'i fawd.

Galwodd Arawn ar y Distain i gyrchu'r hedyn. "Wel, Eric," meddai wedi archwilio'r gronyn pitw, "mi welaf iti gyflawni'r dasg honno o leiaf."

"Yr unig un!" gwaeddodd Hafgan. "A beth am y ddaear a wnaeth a'i gadael heb gyd-ernes arni na chyd-ddyheu a'i phlant yn golchi i'r lan fel gwymon ar y llanw?"

"Taw, Hafgan," meddai Arawn. "Nid dyma'r lle. Rŵan, Eric, dyma dy gyfle i nodi unrhyw lwyddiannau neilltuol a gefaist, os cefaist un."

"Ha!" meddai Hafgan. "Dyma sbort."

"Dwi'm yn siŵr," meddai Eric. "Mae'r Nadolig yn dal yn boblogaidd mewn rhai lleoedd."

"Wel gwych," galwodd Arianrhod o'r ail reng a churo dwylo ddwywaith neu dair. "Ardderchog wir."

Troes pawb i edrych arni. Cododd Arianrhod ar ei thraed. "A dwi'n siŵr fy mod i'n siarad ar ran fy nghyd-dduwiesau wrth ddweud bod y cyflwyniad wedi bod yn hir ac yn astrus ac mae'n siŵr ei fod o wedi dangos inni geinder yr hafaliad syml sy'n llechu ym mhob dim ond 'dan ni yma ers saith o'r gloch ac mae hi rŵan yn ganol gaeaf, ydach chi ddim yn meddwl ei bod hi'n bryd inni gau pen y mwdwl inni gael mynd adra? Mae rhai o'r duwiau mewn gwth o oedran. Druan o Goel Hen, tydi o'n saith deg pum biliwn oed, fedr o ddim mo'i fflangellu'i hun fel hyn am hydoedd heb sgileffeithiau."

Troes pawb i edrych ar Goel Hen ar ei hyd ar draws tair sedd a'i chwip yn llipa yn ei law.

"Gan fod Arianrhod wedi cynnig y diolchiadau," meddai Arawn, "Dyma gyhoeddi bod y cyfarfod ar ben."

"Hwrê," meddai Eric. "Ga i fynd i wneud byd arall rŵan?"

"Dim ffiars o beryg!" sgrechiodd Hafgan gan fustachu i'w draed. "Chei di byth greu byd eto a wyddost ti pam?" Roedd o'n glafoeri'n hidl yn ei gynddaredd. "Am nad wyt ti ddim yn agos i fod yn gall, dyna pam, ac am fy mod i'n mynd i'th wastrodi di a'th ladd ymhen y flwyddyn."

"Ow," meddai Arianrhod. "Roedd hynna'n gas." Plygodd at glust Arawn a sibrwd, "Mae'r Hafgan yna'n chwil gaib, dyro ffrwyn arno fo."

Rhoes Arawn glec morthwyl ar ei fwrdd. "Distain, dos â'r meddwyn i'r siambr sobri."

Llusgwyd Hafgan allan trwy'r cefn gan facwyaid y Distain ac yntau'n gweiddi mwrdwr ond doedd neb yn gwrando.

Roedd car llusg Eric wrth odre'r grisiau mawr a Gwas y Stafell a Gwas Hafgan a'u cefnau'n pwyso'n ei erbyn.

"Sesiwn hir, feistr?" meddi Gwas y Stafell. "Gawsoch chi fyd newydd?"

"Dwi'm yn siŵr," meddai Eric.

"Ges i ddim byd," meddai Gwas Hafgan. "Ges i'r hwi gan Hafgan am gario straeon."

"Mae'n ddrwg gen i," meddai Eric. "Lle cei di waith?"

"Roedd Gwas y Stafell yn sôn bod gennych chi le i rywun hefo'r Forwyn Fawr acw," meddai cyn-Was Hafgan.

Ystyriodd Eric hyn am ennyd. "Mae hyn yn wir," meddai. "A dwinnau'n teimlo'n rhannol gyfrifol am dy drafferthion. Pryd fedri di ddechrau?"

"Dwi wedi dechrau'n barod," meddai Gwas Newydd Eric.

Aethpwyd ag Eric adref a datgymalu'i arfwisg, 'fel tynnu amdan granc' chwedl Gwas Newydd Eric, a'i wisgo'n ei goban a'i roi yn ei wely plu.

Cyn pen dim roedd pen Eric yn suddo i'w obennydd ac yntau'n gweld pigau'r sêr yn deffro o flaen ei lygaid mewn galaethau newydd ac anghysbell. Gwelai Arianrhod ac yntau law yn llaw yn camu'n droednoeth i wlith y wawrddydd hardd a'r haul yn eu cefnau a'u cysgodion hirion ar y llwybr i'r winllan a roddwyd i'w gofal yn oes oesoedd am byth amen. A'r munud nesaf roedd o'n cysgu'n sownd ac yn chwyrnu dros y lle.

Ymysg y Lleiafrifoedd

YMYSG Y LLEIAFRIFOEDD mae rhyw hen rwgnach ac ymgecru. Nid oes undod rhyngddynt na theyrngarwch i'w harweinydd ac anaml y daw llawenydd ar gyfyl eu cabanau. Os gofynnir iddynt am eu barn byddant yn codi eu hysgwyddau, llaesu'u gweflau a chwyno am dynnu dŵr o ddannedd gweigion. Ystyfnigrwydd, medd rhai, sydd wrth wraidd eu diffyg gweledigaeth ond gwêl eraill ddylanwad cenadwri'r proffwydi ar eu byd-olwg a'u gadawodd yn ddiffrwyth fel gwymon ar y trai.

Pan ddaeth hyn i sylw'r Awdurdodau bu cryn drafod a chrafu pen a chytunwyd i sefydlu pwyllgor i lansio ymchwiliad. Oherwydd gwaith hollol amherthnasol a wneuthum unwaith mewn cyd-destun arall, cefais gomisiwn gan Bennaeth y Drefedigaeth i ymgymryd â'r ymchwiliad. Daeth swyddog trwynsur i'r drws acw a gwŷs yn ei ddwrn a cherbyd swyddogol i'm hebrwng i'r pencadlys. Wrth lwc doedd gen i ddim byd ar y gweill y noson honno.

Pan gychwynnais ar y gwaith tybiais y byddwn wedi ei

gwblhau cyn diwedd yr haf ond mae'r haf hwnnw wedi hen fynd a sawl un arall i'w ganlyn a finnau fawr nes i'r lan. Teithiais y byd, ei led a'i hyd, trwy'r oerfel enbyd a'r gwres llethol. Euthum unwaith i ganol anialwch i weld beth oedd yn poeni'r Califf a pham ei fod mor daer dros ddifa pob anghredadun. Darllenais ei lyfr cyn imi fynd ato ac roeddwn i'n falch o hynny pan ddywedodd wrthyf mai'r ychydig dewr a gredai yn ei ddehongliad personol ef o'r ysgrythurau a gâi fyw a neb arall. Dechreuodd fy holi. Cadwodd ei gleddyf ar ôl imi ateb tri allan o'r pump cwestiwn yn ei lyfr. Nid arhosais yn hir efo'r lleiafrif hwn gan fod gen i leiafrifoedd llai peryglus i'w darganfod.

Bûm mewn gwledydd lle nad oedd daliadau crefyddol yn ddim ond bathodyn i'w wisgo a'r unig beth a gyfrai oedd lliw eich rhuban a siâp eich het. Roedd yn help hefyd os oedd gennych lun o'r brenin yn eich tŷ bach. Sail yr athroniaeth oedd casineb tuag at unrhyw athroniaeth arall. Roedd yn bryder gan yr awdurdodau fod cynifer o ddamweiniau'n digwydd oherwydd fod aelodau'r lleiafrif hwn yn cerdded i mewn i bolion lamp. Ffrwyth fy ymchwil oedd darganfod eu bod nhw'n cerdded wysg eu cefnau heb sbio lle'r oeddynt yn mynd gyda chanlyniadau anochel ac anffodus, yn enwedig i'r polion lamp. Dim ond edrych drach eu cefnau fydd y lleiafrif hwn i chwilio am ryw ddoe na fu.

Euthum wedyn i Wlad Arfog lle gwelais ddrylliau yn

nwylo babanod. Mae'r wlad hon am weld dryll ym mhob cartref ac ymhob ysgol i'w hamddiffyn rhag y barbariaid. Mae'r wlad hon am godi cloddiau uchel rhyngddyn nhw â'u cymdogion i'w cadw yn eu lle. Ni cheisiais leisio fy marn wrth y lleiafrif hwn ond troi am adref cyn imi gael bwled yn fy mhen.

Lleiafrif bach o ymwahanwyr unllygeidiog a drwgdybus oedd y rhai mwyaf ynfyd imi eu cwrdd. Roedd y lleiafrif hwn am chwalu'r pontydd rhyngddyn nhw a'u cymdogion gan wfftio at yr effeithiau andwyol a gâi hynny ar eu tiriogaeth. O blith ciwed fechan ddethol y deuai'r arweinwyr a'r rheini i gyd wedi mynychu'r un ysgol foned a'u dysgasent i arddel hunanoldeb, anonestrwydd ac estrongasedd fel nodweddion personol i'w trysori. Nid euthum i'w cyfrinfa gan nad oedd y tei iawn gennyf na'r acen briodol na'r gôt gynffon wennol yn y maint iawn. Euthum unwaith efo nhw i fwyty lle buon nhw wrthi'n ymgecru ymysg ei gilydd ynglŷn â chymryd rheolaeth dros bysgodyn. Pan aeth hi'n ffradach rhyngddynt, euthum o lech i lwyn oddi wrthynt a'u gadael iddi i ysgyrnygu ar ei gilydd fel cŵn mewn caets.

Deuthum i ddinas dethol lle gwelais bobol yn troi byw clwyddau'n grefft gain. Fel Blondin gynt a groesodd raeadrau ar raff â pholyn yn ei law, mae'n rhaid i'r rhai sy'n byw trwy anwiredd ddysgu i barchu'r gagendor o dan eu traed. Un llithriad ac mi fyddant yn deilchion. Gam wrth gam mae'r palu'n magu croen dros y gwirionedd fel mae'r awydd i sbio i lawr yn pylu. Wedi croesi'r rhaff gyntaf daw rhaffau hwy a gwell i'w croesi a chyn bo hir bydd y celwyddgi'n giamstar. Lleiafrif yw hwn na welir mohonynt ond wrth olau'r fflachlamp gan mai yn y tywyllwch efo'r 'slumod y mynnant fyw.

Wyddwn i ddim byd am animistiaeth nes imi droi ymysg y lleiafrifoedd. Wyddwn i ddim am rwgnach nac ymgecru. Pe baech yn gofyn imi am fy marn amdanynt byddwn yn codi fy ysgwyddau a rhoi'r bai ar y proffwydi. Gwaetha'r modd daeth i sylw'r Pwyllgor Asesu nad oeddwn i wedi cyflawni fy ngwaith ymchwil yn drylwyr iawn a heb ei gyflwyno mewn modd dealladwy. Pryder arall a fynegwyd oedd fy mod i wedi gorwario fy nghyllideb ddeg gwaith a mwy heb gadw'r un daleb nac anfoneb i ddangos lle'r aeth y pres.

Eglurais na roddwyd imi erioed unrhyw syniad am gyllideb ac na ddywedwyd wrthyf am beidio â hedfan dosbarth cyntaf nac aros mewn gwestai saith seren. Esboniais i'r Pwyllgor imi gael fy nghomisiynu ar gais personol Pennaeth y Drefedigaeth ac mai iddo ef yn unig yr oeddwn i'n atebol. Fe'u goleuais ar y ffaith na chefais unrhyw fanylion gan y Pennaeth o ran beth oedd hyd a lled y gwaith i fod na pha allbynnau a ddisgwyliai yn ei sgil. Sylweddolodd y Pwyllgor ar ôl fy stilio a'm holi am oriau bwygilydd nad oedd yr achos hwn ddim gwahanol i bob cytundeb cyhoeddus arall a gymeradwywyd gan

Awdurdod y Drefedigaeth a bu'n rhaid iddyn nhw adael imi fynd. Cefais bàs adref gan y swyddog trwynsur yn ei gerbyd swyddogol a hwnnw'n dal i wrthod dweud gair o'i ben.

Dyn Diflas

R UFUS PROEST-OSWALD YW'R dyn mwyaf diflas yn y byd. Cyhoeddwyd hyn yn *Llygad y Dydd* felly mae'n rhaid ei fod o'n wir. Dywedodd y golygydd, yr archeolegydd a'r unawdydd Dewi 'Sudd Oren' Picwarch, i'r broses o'i ddewis fod yn un hir a chymhleth. "Mae llawer o bobol ddiflas yn y byd," meddai.

Cyhoeddwyd y rhestr fer ar llygadydydd.cymru gyda chrynodeb o gampau anniddorol yr uchel ddiflaswyr ynghyd â manylion am y llais diflasaf, yr wyneb diflasaf, y sgwrs ddiflasaf, y dillad isaf diflasaf, y cymar neu'r partner diflasaf a'u holl enwau diflas hefyd. Cipiwyd y wobr am y wraig ddiflasaf gan Mrs Marblen Proest-Oswald ac am y tro cyntaf eleni rhoddwyd clod arbennig i'r ci diflasaf, sef yn unol â'r disgwyl, Mabli, anifail anwes Mr a Mrs Proest-Oswald. Nodwyd i Proest-Oswald ennill y wobr hon naw gwaith allan o ddeg yn olynol ac iddo fethu'r gamp lawn yn unig oherwydd iddo dreulio'i wyliau ym Modlondeb un tro yn hytrach na mynychu'r seremoni wobrwyo.

Cyhoeddir isod grynodeb o'r cyfweliad a gynhaliwyd

rhyngddo a Dewi 'Sudd Oren' Picwarch drannoeth yr achlysur diflas hwn. Mae fideo o'r cyfweliad i'w weld ar-lein os chwiliwch yn ddyfal, er nad yw'n addas i blant nac i bobol o anian ofnus nac i feganiaid. Ymddengys mai gyda chamera hunan-lunio y ffilmiwyd y cyfweliad yn swyddfa olygyddol *Llygad y Dydd* a'r golygydd y tu ôl i'w ddesg a'i blanhigyn rwber wrth ei benelin a Rufus Proest-Oswald a'i gôt law laes yn dynn amdano ac yntau ar gadair galed ynghanol y llawr.

Golygydd: Croeso, Rufus – os caf eich galw'n Rufus?

Rufus: Rufus yw fy enw.

Golygydd: Rufus, y dyn mwyaf diflas yn y byd erioed. Ymhelaethwch.

Rufus: Nid wyf yn adnabod pawb sydd wedi byw yn y byd ers i Adda gael ei greu gan yr Arglwydd Iôr ein hiachawdwr a'n Tad Nefol o'i ben a'i bastwn ei hun, felly ni allaf farnu'r naill ffordd na'r llall a ydwyf yn gymwys i dderbyn y clod hwn yntau a ddylid ei dadogi ar unigolyn arall anhysbys. A yw'r gair 'dyn' hwn gennych yn cynnwys menywod hefyd megis a wneir wrth sôn am yr hil ddynol neu ddynolryw ynteu ai pobl wrywaidd yn unig sy'n gymwys i ennill y teitl hwn ac ai oedolion yn unig o ran hynny ynteu a fyddai plant gwrywaidd neu fenywaidd a bod rheini'n hynod o ddiflas yn gymwys i gael eu cynnwys a bwrw bod modd dadlau mai hydraidd yw'r ffin rhwng dyn a dynoliaeth, ac annelwig wrth gwrs erbyn hyn yw'r pwynt a wnaf ac ni allaf feddwl am beth yr wyf yn sôn. Beth oedd y cwestiwn eto?

Golygydd: A yw'r honiad yn wir na lwyddoch erioed i orffen brawddeg heb ddechrau deg brawddeg arall a'r rheini i gyd yn anorffenedig?

Rufus: Ydi.

Golygydd: Ydych chi'n eich ystyried eich hun yn rhywun affwysol o ddiflas?

Rufus: Credaf fy mod i'n rhywun oherwydd oni bai fy mod i'n rhywun ni allwn fod yma yn eich swyddfa ar gadair ger eich bron i ateb eich cwestiynau ac o ran diflas nid yw fy lefel ddiflastod yn ddigonol i'm bodloni eto canys nid wyf yn ddigon diflas, dim ond ymylu ar wir ddiflastod yr wyf er gweld y nod megis cip ar yr haul trwy'r cwmwl a hynny sy'n fy arwain tuag at gyflawni gwir ddiflastod yn yr ysbryd a bwrw bod y corff yn cydweithredu a bod gennyf bâr o sgidiau dringo gan mai cyrraedd pegwn diflastod yw fy uchelgais ac nid oes neb am wn i a all fy rhwystro yn hyn o beth os rhof fy nhrwyn ar y maen a chodi fy 'sanau pen-glin a thynnu fy ewinedd o'r blew a gwneud fy ngorau glas heb feddwl unwaith am na ffidil na tho. Os oes raid ichi gael gwybod hoffwn fod yn ddiflasach na hyn eto a dyna fy uchelgais, fel y dywedais wrthoch, a dyma'r nod a'r amcan dros fy ymgyrch i ddistyllu pob diferyn o ddiflastod diwaelod a'i ddarparu'n rhad ac am ddim ar hyd y lle i bawb gael cyfranogi ohono a'i drysori a'i gadw mewn blwch o dan eu gwlâu ac edrych arno weithiau a rhyfeddu ato. Pe bai amser yn caniatáu hoffwn ddadansoddi'n fanwl eirdarddiad, entymoleg, semanteg a gwir ystyr y 'diflas' sydd y tu hwnt i bob 'diflas' a'i gyferbynnu â geiriau ac ymadroddion eraill na wyddoch chi na finnau fawr amdanynt nac am eu bodolaeth na'u hystyr a'u rhoi fel pys mewn rhuglgroen neu forthwyl sinc a'u hysgwyd i wneud sŵn anniddorol, beichus, blinderus, syrffedus, merfaidd, di-fywyd, annifyr, annymunol, anhyfryd a… ballu.

Golygydd: Nid yw amser yn caniatáu inni durio i berfedd y pwnc, gwaetha'r modd. Hoffwn wybod a ydych yn honni na lwyddoch i gyrraedd safon uchaf diflastod ac nad ydych felly ar ysgwyddau diflasyddion y byd?

Rufus: Sathrais eu traed ond ni fûm erioed ar eu hysgwyddau. Nid erys dim imi yn y byd hwn bellach ond ymdrechu byth a beunydd i gyrraedd pen draw pob diflastod a dringo'n ddiflino ac yn ddiflewyn ar dafod ac yn ddi-dderbyn-wyneb o dow i dow a dyfal donc nes cyrraedd pen eithaf pob diflastod fydd gwaetha'r modd yn anghyraeddadwy nes i anobeithiolrwydd y dasg fynd yn drech arnaf canys oblegid mae'r maen wrth law a'r wal yn agosáu a gosod carreg ar garreg fan hyn fel y gwelwch yw fy nod er y gwn na ddaw dim lles imi o gau pen y mwdwl a dyfod â'r gwaith i ben yn bur ac yn berffaith yn unol â'm tynghedfen os yw hynna'n ateb eich cwestiwn?

Golygydd: Nac ydi. Dywedwch wrthyf amdanoch eich hun.

Rufus: Nid wyf yn deall nac yn amgyffred ystyr eich gofyniad gan nad wn i ddim be ydi'r cais hwn sydd gennych i sôn amdanaf fy hun. Gallwn ddweud wrthych fy enw, fy oed, fy nghyfeiriad a darparu ichi enw fy nghi, Mabli, a'm gwraig, Marblen, ond i beth y gwnawn hynny? A fyddai'n diwallu eich chwilfrydedd? A hoffech wybod beth yw lliw fy maddon neu aroglau fy mlodyn neu arferion caru fy hoff anifail neu gynhwysion fy nghacen neu ystyr fy hoff ymadrodd ynteu a fyddai'n well gennych weld ribidirês o luniau a dynnwyd gan fy ngwraig a finnau ar ein gwyliau ym Modlondeb dros yr haf?

Golygydd: A ydych yn gallu siarad Cymraeg?

Rufus: Rwyf yn siarad Cymraeg a saith iaith arall sef Lithwaneg, *"Labas vakaras"*, Lladin, *"Cogito, ergo sum"*, Ffrangeg, *"Bonjour chez vous"*, Catalaneg, *"Més que un club"*, Awstraleg, *"Cangarŵ"*, Antarcticäeg, *"Pengwin"* a Fietnameg, *"Ho Chi Minh"* ond nid oes gennyf fawr i'w ddweud yn yr un ohonynt. Mae cwestiynau'n faich i eraill ac atebion yn garchar ichi'ch hun.

Golygydd: I droi at eich diddordeb mewn ysbwriel, credaf ichi ddewis nifer o greiriau i'w trafod heddiw. A hoffech ddangos imi gynnwys eich cês diflas?

Rufus: Na hoffwn ond mi wnaf. [*Mae Rufus Proest-Oswald*

yn troi rhifau'r cloeau ar ei gês a'i agor]. Gweddillion prin Amgueddfa Bodfarch yw'r rhain, yr amgueddfa a chwalwyd pan gollais fy nghartref, fel y cofiwch. Llwyddais i achub y casgliad pitw hwn o afael y bwmbeili. A welwch y cornpowdwr hwn a'i gaead arian a gafodd Bodfarch gan deulu Lewsyn yr Heliwr? A welwch chi'r gyllell boced hon a'i charn asgwrn morfil a gafodd Bodfarch gan un o orwyrion Barti Ddu o Gasnewydd-bach? A welwch chi'r dryll carreg fflint a'r cwdyn haels a gafodd Bodfarch gan hen wreigan o hil Gwylliaid Cochion Mawddwy? Dyma'r unig bethau a erys o'm casgliad enfawr o greiriau'r oesoedd ac o waith Bodfarch yr artist, y llenor a'r cyfarwyddwr ffilmiau nas ysbeiliwyd gennych chi a'ch tebyg pan oeddwn ar lawr mewn angen a neb yn gefn imi.

Golygydd: Dywedwch wrthyf beth o hanes yr amgueddfa.

Rufus: Hon oedd yr unig amgueddfa yn y byd o'i bath a hithau'n gwarchod gwaith ac eiddo Bodfarch fardd, un o fawrion diwylliant y genedl, fel y gwelwch o'r plac sydd eto uwchben y drws am na allai neb dynnu'r sgriwiau.

Golygydd: Eich cartref chi oedd yr amgueddfa?

Rufus: Roedd gennyf bapurau, ffurflenni, trwydded bysgota, tystysgrifau, ei hen basbort, ei het a'i siwt, ei debot, hanner cannwyll o'i eiddo a'r arfau hynafol a welsoch eisoes heb sôn am nifer o docynnau bws ar y TrawsCambria, cerdyn post wedi ei bostio ym Mangor, llun du ar gefndir du, dau bâr o esgidiau a pheiriant lladd gwair. Arnaf i y syrthiodd y cyfrifoldeb o'u gwarchod a'u dehongli a'u cyflwyno i'r byd. Fy nghamgymeriad oedd trefnu diwrnod agored ichi gael eu gweld ar ran *Llygad y Dydd*.

Golygydd: A fedrwch chi roi crynodeb imi o gyfraniad Bodfarch i ddiwylliant y genedl hon?

Rufus: Gallaf.

Golygydd: Darllenais fod tebygrwydd rhwng Bodfarch a Franz Kafka.

Rufus: Nid o ran eu pryd a'u gwedd ond wrth gwrs gofynnodd Kafka i'w gyfaill Max Brod losgi ei holl waith llenyddol nad oedd wedi ei gyhoeddi a dyna ofynnodd Bodfarch i minnau.

Golygydd: Ond yn wahanol i Brod fe wnaethoch chi ufuddhau i'r cais?

Rufus: Pa ddewis oedd gen i? Roedd yn sefyll uwch fy mhen â rhaw yn ei law a golwg y fall arno. Roedd yn ddyn brwnt ar adegau.

Golygydd: Ac yn wahanol i Kafka, doedd Bodfarch erioed wedi cyhoeddi dim byd.

Rufus: Roedd yn cadw bob dim yn agos iawn at ei frest.

Golygydd: Felly mi losgoch gynnyrch llenyddol Bodfarch i gyd?

Rufus: Do, heblaw am un llawysgrif, ond mi gadwais ludw'r gweddill mewn tun bisgedi.

Golygydd: Credaf ichi sôn fod tebygrwydd rhwng gwaith Bodfarch a gwaith Georges Perec y nofelydd Ffrangeg?

Rufus: Mae nofel Perec, *La Disparition*, yn hepgor y llafariad 'e' drwyddi draw, camp anhygoel o ystyried mor hoff yw'r Ffrancod o'r llafariad honno. Ond camp Bodfarch oedd ysgrifennu nofel sy'n hepgor y llafariaid i gyd ynghyd â'r cytseiniaid. Dyma'r unig un o'i weithiau mawr nad oedd am imi'i losgi. A hoffech weld y llawysgrif?

Golygydd: [*Gan droi'r ddogfen yn ei law a'i hagor*] Does dim byd ond papur gwyn yn y llyfr hwn.

Rufus: Mae hi'n nofel ôl-wyrdroëdig, dach chi'n gweld, a hithau'n rhoi penrhyddid i'r darllenydd greu o'i ben a'i bastwn ei hun yr hyn a hoffai weld ynddi.

Golygydd: Beth am ei waith ym myd y ffilmiau? A oes yna ffilm sy'n cynrychioli'i waith yn well na'i gilydd?

Rufus: Wrth lwc, mae'i gampwaith *Gormes Amser* wedi goroesi, ffilm arbrofol sy'n amlygu athrylith Bodfarch a'i allu i ail-greu o'r newydd beunydd. Mae'r ffilm hon yn achosi rhwystredigaeth annioddefol i'r gynulleidfa gan eu bod oll wedi eu clymu i'w cadeiriau i'w cadw rhag gadael cyn i'r ffilm orffen. A hithau'n ffilm naw awr mae hynny'n rhan annatod o'r gelfyddyd, yn rhan o'r perfformiad.

Golygydd: Am beth mae'r ffilm?

Rufus: Mae Bodfarch yn anelu'i gamera at wyneb cloc twr ac mae'r ffilm yn dilyn taith bysedd y cloc wrth iddyn nhw droi mewn cylch yn ddi-dor dros gyfnod o naw awr. Dyma'r ffilm a ysbrydolodd Andy Warhol i greu'r ffilm enwog honno am adeilad uchaf Efrog Newydd ar y pryd, er mai dim ond wyth awr o ffilm oedd honno.

Golygydd: Oes llawer wedi gwylio *Gormes Amser*?

Rufus: Ar ôl y *premiere* nid aeth neb i'w gweld oherwydd yr achosion llys a ddygwyd yn erbyn Bodfarch am gamgarcharu'r gynulleidfa.

Golygydd: Roedd Bodfarch yn amlwg yn llenor ac yn artist. A ddaru chi sôn bod rhai o'i baentiadau wedi goroesi?

Rufus: Do, un. [*Mae Rufus yn estyn llun bach o'i fag a'i basio i'r Golygydd.*] O'i gyfnod du mae hwn.

Golygydd: Sgwaryn du ydi hwn, dyna'r cwbwl.

Rufus: I chi, hwyrach, ond nid i Bodfarch. Wyddoch chi i Bodfarch ddylanwadu'n gryf ar yr artist Rwsiaidd Kazimir Malevich a'i ysbrydoli i greu mudiad celf newydd ar drothwy'r chwyldro yn Rwsia? Sôn yr wyf, wrth gwrs, am 'Sgwâr Du Malevich' a wnaed yn 1915, llun eiconig am sawl rheswm. Onid dyma'r tro cyntaf i artist greu peintiad nad oedd o ddim byd? Onid yw'n arwydd o gyfnod newydd sy'n cychwyn o ddim byd? Gallai'r 'Sgwâr Du' fod yn ffenestr ar y nos neu fe allech ei weld fel sgwâr du ar gefndir du, yn enwedig gan mai dyna be ydi o.

Golygydd: Ni welaf ddim byd ond du ar ddu ac nid yw wedi ei arwyddo.

Rufus: Dyna lle'r ydych yn methu. Fe'i harwyddwyd a'i ddyddio gan Bodfarch, ond yn anffodus mewn paent du.

Golygydd: Darllenais ichi gael nawdd cyhoeddus sylweddol i greu'r amgueddfa ond iddi gau drannoeth yr agoriad swyddogol. A oes gennych chi sylwadau am hynny?

Rufus: Fel y gwyddoch, yn sgil eich honiadau yn *Llygad y Dydd*, fe ysbeiliwyd yr amgueddfa o'i holl greiriau unigryw heblaw'r tipyn celc yma a gadwyd gennyf a dyna'r rheswm na lwyddwyd i gynnal yr amgueddfa ar ôl yr agoriad swyddogol. Ar ben hynny aethpwyd â'r tŷ oddi arnom a bu ond y dim i'm gwraig fy ngadael a bu'r ci dan law'r milfeddyg yn dioddef o iselder ysbryd. A rhwng yr helynt efo ceidwad porth yr amgueddfa yn bygwth ymfudo i'r Wladfa a'r ffaith ei bod hi'n dymor plannu tatws arnaf innau, mae'n bosib na chadwais lygad barcud ar y cyfrifon.

Golygydd: I ble'r aeth y miloedd ar filoedd o nawdd a gawsoch o bwrs y wlad?

Rufus: Dwi wedi bod dros hyn i gyd efo Archwilwyr Camwariant y Drefedigaeth.

Golygydd: A fyddai'n deg awgrymu nad oedd gennych ddim i'w arddangos yn yr amgueddfa heblaw llun du, lludw a llyfr gwag?

Rufus: A'r pethau yma sydd gen i yn y bag a welsoch gynnau, cofiwch am y rheini.

Golygydd: Diolch am rannu'r hanes efo ni. A fedrwch chi sôn rŵan pam y dewisoch chi fynychu'r cyfweliad hwn am swydd yn y swyddfa hon?

Rufus: Nid yw'n uchelgais gennyf ddyfod atoch i'r swyddfa hon i weithio ac nid wyf erioed wedi cyflwyno cais am swydd yma. Roedd yn ormod o ysgytwad imi golli fy swydd fel lladmerydd i'r Academi Ieithoedd Dibwrpas a cholli fy amgueddfa i feddwl mynd i weithio i neb arall. Gallaf ddeall eich bod yn chwilio am gydweithwyr gan na welais enaid byw yma heblaw chi. Ond bid a fo am hynny, pe baech yn cynnig y swydd imi nis derbyniwn am gyfoeth y brenin.

Golygydd: Tybed a gawn ni drafod eich cryfderau a'ch gwendidau?

Rufus: Nid oes gennyf unrhyw gryfderau ac mae fy ngwendidau'n lleng. Mae plentyn dyflwydd oed yn gallu fy ngwastrodi. Mae fy ngwraig Marblen wedi cadw rhestr o bob cam a gefais gan y gymdogaeth a phob ergyd a dderbyniais oddi wrth y cymdogion. Mae'r rhestr mewn cist yn yr ardd y tu ôl i'r hen gartref yn Llanastystlum ac mae'r agoriad wedi ei gladdu dan wreiddiau coeden geirios a brynwyd gennyf a'i phlannu i ddathlu'r achlysur pan ddeuthum yma i drafod y mater gyda chi heddiw fel y crybwyllais wrthych gynnau.

Golygydd: Nid oes gennyf gof o'r sgwrs honno. Beth fyddai'ch hanes wedi bod pe bai eich rhieni wedi penderfynu eich magu yn Ulaanbaatar, Mongolia yn hytrach nag yn Llanastystlum?

Rufus: Byddwn wedi cael iwrt a siarad Mongoleg gyda fy nghamel.

Golygydd: A fyddai eich bywyd wedi bod yn wahanol pe baech wedi cael eich geni'n folwsg?

Rufus: Beth ydych chi'n ei feddwl?

Golygydd: Gastropod.

Rufus: Malwen?

Golygydd: Mae malwen yn fath o gastropod.

Rufus: Pe bawn i wedi cael fy ngeni'n falwen fyddwn i ddim yma heddiw i drafod y mater efo chi.

Golygydd: Pe baech wedi dilyn gyrfa yn y syrcas a ydych yn meddwl y byddech wedi gwneud clown llwyddiannus?

Rufus: Wn i ddim am fyd y syrcas heblaw'r hyn a ddarllenais yng nghyfrol arloesol Friedrich Nietzsche, *Athroniaeth a Seicoleg y Clown yn y Cyd-destun Imperialaidd*. Gallwn uniaethu â'r awydd a ddadlennir yn seicoleg y clown i lofruddio pobol heb ddim rheswm a rhedeg oddi yna a'i draed enfawr yn fflapian.

Golygydd: Ble ydych chi'n eich gweld eich hun mewn pum mlynedd?

Rufus: Ni allaf weld i'r dyfodol ac nid oes gennyf beiriant amser na drych sy'n adlewyrchu llun ohonof fel y byddaf ymhen y rhawg, felly mae'n chwith gennyf eich hysbysu na allaf roddi ichi ateb i'ch gofyniad heblaw awgrymu ichi hwyrach na fydd fy nhraed mor rhydd na'm pen mor sownd ag y maent yr awr hon hyd byth amen.

Golygydd: Beth yw eich llwyddiant mwyaf?

Rufus: O blith fy llwyddiannau byddwn yn dewis yn uchafbwynt y llwyddiant ysgubol a ddaeth i'm rhan ar adeg neilltuol o'm hoes pan oeddwn ar gychwyn gyda fy ngwaith o gywain ynghyd hen eiriau anghyfarwydd oddi ar dafod leferydd moelrhoniaid Porth Neigwl a'u gosod rhwng cloriau cyfrol a gollwyd.

Golygydd: Beth sydd ar eich silff lyfrau?

Rufus: Ar fy silff lyfrau mae gennyf lyfr. Yr unig lyfr a lwyddais i'w gadw ar ôl i chi a'ch rheibwyr fy ysbeilio. Gerllaw'r llyfr mae gennyf gerflun bach o forfil a dwy feiro a gymerais ar ddamwain o swyddfa'r Academi Ieithoedd Dibwrpas dridiau cyn imi golli fy swydd.

Golygydd: Pwy yw eich arwyr?

Rufus: Fy arwyr yw'r plant a'm hachubodd pan gefais fy rhoi ar dân yng nghae swings tai cownsil.

Golygydd: Sut y bu iddynt eich achub?

Rufus: Fe ddarfu iddyn nhw bi-pi ar fy mhen.

Golygydd: Pwy a'ch rhoes ar dân?

Rufus: Y plant.

Golygydd: Pwy hoffech wahodd i'ch pryd bwyd delfrydol?

Rufus: Ni hoffwn wahodd neb i bryd delfrydol gan nad yw'r fath bryd yn bodoli ac nid yw wedi ei drefnu ac ni wn am neb a fyddai'n derbyn fy ngwahoddiad ac er nad wyf yn poeni beth mae neb arall yn ei fwyta nid wyf yn awyddus i rannu bwrdd gyda rhai sy'n ymwrthod am resymau egwyddorol neu grefyddol rhag bwyta nionod, slywod, crancod, malwod, llyffantod, morfilod a 'slumod. Mae geiriau gyda'r terfyniad lluosog '-od' yn berffaith addas i'w cynnwys ar y fwydlen, heblaw Ffrancod.

Golygydd: Beth yw eich goddefgarwch mwyaf?

Rufus: Nid oes gennyf unrhyw oddefgarwch cyn belled ag y gwn canys ni chefais ddim ohono erioed ar blât, mewn cwpan nac mewn powlen na'i logi na'i brynu na'i fenthyg na'i weld ac nid wyf yn ymwybodol bod dim ohono ynof nac o'm cylch nac uwch fy mhen; nis gwelais yn y cartref na'r ardd na'r goeden na'r giât na'r llwybr na'r llawr na'r beic na'r ci na'r ferfa na'r wraig felly nid oes gennyf na goddefgarwch mawr na bach ac mae arnaf ofn nad af ar fyrder i chwilio amdano ychwaith gan na wn lle i'w gael.

Golygydd: Beth sydd ar eich bwrdd erchwyn?

Rufus: Nid oes gennyf fwrdd erchwyn ac felly nid oes dim byd arno.

Golygydd: Beth yw'r anrheg gorau a gawsoch erioed?

Rufus: Yr anrheg gorau a gefais erioed oedd gwely plygu yng nghroglofft Lutimer i'm gwraig Marblen a finnau a Mabli'r ci. Fe'i cefais pan oeddwn yn waglaw a diymgeledd oherwydd dichell enllibus eich papur chi a'm gorthrymwr yr Uwch-Arolygydd Glaslyn 'Dwylo blewog' Anglobus, a aeth i ddŵr poeth iawn yn ôl a glywais, heddwch i'w gragen. Pan oeddwn yn llesg rhoes Lutimer, rhad arno, ei law imi i'm codi a'm cynnal. Byddai llofft wedi bod yn braf ond doedd yr atig ddim yn ddrwg chwarae teg iddo, heblaw dros y gaeaf a rhai adegau'n yr haf.

Golygydd: Enwch un peth y byddai pobol yn synnu i wybod amdanoch chi.

Rufus: Ys gwn i a fyddai pobol yn synnu i wybod fy mod i'n hen law ar drin arfau hynafol a bod gen i annel ddi-feth wrth saethu.

Golygydd: Dwi ddim yn meddwl y byddai ganddynt ddiddordeb.

Rufus: Hwyrach y bydd o ddiddordeb i chi maes o law.

Golygydd: A fedrwch amcangyfrif faint o wartheg sydd yng Nghanada?

Rufus: Na fedraf.

Golygydd: Beth ddywedech wrth bengwin a ddeuai atoch i'ch gwely ben bore a hwnnw'n gwisgo sombrero?

Rufus: *Buenos días.*

Golygydd: Rydych wedi fy ngwahodd acw i swper. Beth fyddwch chi'n ei baratoi imi?

Rufus: Nid wyf wedi eich gwahodd i swper ond os dewch acw mi gewch wermod lwyd a gwenwyn llygod.

Golygydd: Rwyf am fynd ar wyliau, i ble y dylwn i fynd?

Rufus: I 'Bodlondeb'. Edrychith Lutimer a Grocl ar eich hôl ond gofynnwch am lofft efo ffenest. Prynodd Lutimer a Grocl fy hen gartref yn yr arwerthiant hwch trwy'r siop am ddegfed rhan o'i werth. Dim ond newid ei enw o 'Diflasfa' i 'Bodlondeb' wnaethon nhw a dyma nhw rŵan yn cadw ymwelwyr trwy'r haf a rhai teithwyr talog dros y gaeaf hefyd gan ddarparu borefwyd iddyn nhw sy'n cynnwys bacwn, selsig, wyau buarth, bara crasu, pwdin gwaed, ffa pob, madarch, tomatos, madfeill a dail tafol.

Golygydd: Amcangyfrifwch faint o ffenestri sydd yn Efrog Newydd.

Rufus: Dros gant yn braf.

Golygydd: Amcangyfrifwch sawl beiro a ddygwyd gennych o'r gweithle.

Rufus: Dwy. Fel y gwyddoch, gan mai chi ddaru gyhoeddi'r peth yn eich newyddlen iselwael. Heb hynny ni chawswn fy niarddel gan yr Academi Ieithoedd Dibwrpas ond pa ddewis oedd gan Barnabws a chithau'n rhoi '*Dyn Diflas yn Dwyn Beiros*' ar draws eich tudalen blaen? Diolch i chi mi gollais fy nhŷ a'm henw da a'm parch yn y gymdeithas a gorfod byw ar y plwy hyd y dwthwn hwn. A finnau wedi dyfod atoch fel cyfaill i gyffesu fy mhechodau'n gyfrinachol, gallwch feddwl mai halen yn y briw oedd gweld yn eich papur fy llun yn gwenu â dwy feiro yn fy nwrn.

Golygydd: Gyda phob parch, doedd gennych chi ddim enw da i'w golli ac mi feddyliwn fod y cyhoeddusrwydd a gawsoch yn *Llygad y Dydd* wedi bod yn bwnc trafod difyr i lawer o bobol. Pam ddylech chi eu hamddifadu o'r fath ddiwylliant? Os ydi'ch arferion anllad wedi achosi gofid ichi neu adael blas sur yn eich genau neu beri ichi ddal dig tuag at y sawl oedd yn gyfrifol am ddinoethi'ch camwedd, eich bai chi yw hynny, nid halen yn y briw.

Rufus: Yr halen yn y briw i mi yw'r pleser amlwg rydych yn ei gael o'm trallod a dyna'r hoelen olaf yn eich arch chithau, Dewi 'Sudd Oren' Picwarch.

A welsoch gynnau'r dryll hynafol a laddodd y Baron Lewis yn Ninas Mawddwy yn 1555? A welsoch fel y'i hatgyweiriais a'i lenwi â phowdr du a haels? A welwch y dryll hwnnw ger eich bron a'i drwyn atoch a'r cnicyn ar i fyny? Hwyrach y rhydd y dryll hwn yr ateb rydych yn ei geisio a'r dial yr wyf innau'n ei hawlio am ichi ddinistrio cwrs fy myd a thorri calon fy ngwraig a siomi fy nghi.

Golygydd: Peidiwch â malu fflwchyn llachu'r contralto gwirion. A wyddoch chi sut i wneud omlet?

Rufus: Mae o'n cynnwys torri wyau. [*Mae'n anelu'r dryll hynafol a gwasgu'r glicied. Ceir fflach a ffrwydrad a mwg du yn llenwi'r lle. Wedi i'r mwg gilio gwelir pistyll o waed yn ffrydio o ben y Golygydd a hwnnw'n ara deg yn plygu ymlaen nes taro'i dalcen ar ben y bwrdd. Mae Rufus yn sychu'r dryll â'i hances boced a'i gadw yn ei ges.*]

Rufus: Oedd gennych chi gwestiwn arall, Mr Golygydd?

Golygydd: [*Nid yw'r Golygydd yn symud. Ymleda'r pwll rhuddgoch ar draws y ddesg. Cyfyd Proest-Oswald o'i gadair, codi'i fag a sythu'i gôt. Daw'r fideo ar-lein i ben a cheir hysbysebion am olew gewynnau a gwyliau yn Llanastystlum.*]

Rwyf wedi astudio'r cyfweliad affwysol o ddiflas hwn sawl gwaith ac wedi dod i'r casgliad nad Rufus Proest-Oswald yw'r dyn mwyaf diflas yn y byd wedi'r cyfan, er y gwn y bydd hyn yn siom iddo, ac yn ogystal deuthum i'r casgliad nad fo yw'r llofrudd mwyaf effeithiol ychwaith. Rhaid derbyn serch hynny i'w achos gael ei arwain yn dra llwyddiannus gan y Bargyfreithiwr Onllwyn Brefus a sicrhaodd i'w ble o ddynladdiad trwy gyfrifoldeb lleiedig gael ei dderbyn. Gan na ddeallodd neb air o berorasiynau hirwyntog Rufus o'r doc, y farn oedd iddo'i chael hi'n bur dda i gael ei ddymuniad o gyfnod penagored mewn sefydliad efo wadin ar y waliau iddo gael canolbwyntio ar dyfu i fod yn goeden.

Rhoddwyd sylw i'r achos ar dudalen blaen *Llygad y Dydd* (yng ngofal y golygydd newydd Orennau Lewis) dan y pennawd '*Dyn Diflas yn Difa Golygydd*'. Hwyrach y maddeuwch imi ddyfynnu pwt o'r llith: "Cafwyd Dyn Diflasaf y byd, Rufus Proest-Oswald o'r dref hon, yn euog o ddynladdiad trwy gyfrifoldeb lleiedig yn Llys y Goron Llanastystlum ddoe. Dywedodd y Barnwr fod hwn yn achos difrifol iawn ac anarferol ac nad oedd y diffynnydd yn llawn llathen. Roedd yn falch nad oedd y rheithgor wedi rhoi unrhyw bwys ar y ffaith fod Dewi 'Sudd Oren' Picwarch yn 'olygydd gwael iawn' oedd 'wedi tanseilio' safonau'r papur a olygai. 'A yw bywyd golygydd diffaith ac anllythrennog yn werth llai yn llygad y gyfraith na bywyd golygydd call a goleuedig?' ebe'r Barnwr wrth grynhoi gan ychwanegu: 'Os oes gormod o bobol ddiflas yn y byd sydd ohoni, rhown ddiolch fod un yn llai ohonynt ar strydoedd Llanastystlum.'"

Nid oedd Mrs Marblen Proest-Oswald ar gael i gynnig sylwadau gan ei bod wedi mynd â'r ci i lan y môr. Ers i Orennau Lewis ysgwyddo'r baich golygyddol, gwelwyd *Llygad y Dydd* yn mynd o nerth i nerth o ran safon fel y cwympai'r cylchrediad. Ychwanegodd Orennau Lewis dudalennau llawn lliw hynod o apelgar i ystadegwyr. Ymffrostiodd fod ei bapur bellach yn cyrraedd ystadegwyr o safon ardderchog gydag o leiaf un Prif Ystadegydd wedi tanysgrifio.

Cymerais gip ar y papur yn stafell aros deintydd Llanastystlum yn ddiweddar a sylwi ar nifer o erthyglau ysgolheigaidd am bynciau annelwig gyda throednodiadau toreithiog na fyddai neb byth yn eu darllen. Ar y dudalen nesaf roedd adolygiad dadlennol gan Lutimer a Grocl, Bodlondeb o'u gwyliau sgïo i noethlymunwyr yn Norwy. Cyn imi fedru gorffen y darn fe'm galwyd i'r gadair i gael tynnu fy nannedd.

Cerdded Mewn Cell

MAE PEN Y sarff ddu hefo'r llgadau gloywon yn fy ngwyneb. Mae'i thafod mor bell i lawr fy nghorn gwddw nes 'mod i ar dagu. Allan yn y nos mae rhedwyr y maes a rhodwyr y gelltydd yn hel amdanaf i saethu at galon y gwirionedd ac i bwyso cariad a marwolaeth yn eu clorian.

Noson syrcas Bobi Robaits oedd hi pan gafodd cymydog o'r dre ei hudo i gors y foel a'i adael yn gelain ar y fawnog. Y sofran ym mhoced Wil Pont Ucha Braich oedd yr abwyd i'r gweilch, meddan nhw. Sgwn i a ddaru amser rewi i Wil druan ac yntau'n clywed blas a sŵn a phoen y byd ar un amrantiad?

Chwarddodd y giang o hogiau pan welsant olau'r lleuad yn sgleinio yn llygad y darn aur. Gadawsant Wil lle syrthiodd o. Dim ond y tylwyth teg welodd o'n codi a chroesi'r foel i lawr am y traeth a dilyn llwybr gwyn a llonydd y lleuad dros fôr Iwerydd. Pan dynnwyd ei gorff o'r gors dywedodd rhywun mai gwres y mawn oedd yn nadu iddo fod yn oer.

Erbyn i'r syrcas gychwyn roedd y giang yn y gorlan flaen

a'r rheini'n estyn eu dwylo i drio cyffwrdd llawes meistr y syrcas. Roedd tatŵ pen neidr ar gefn llaw un ohonyn nhw a'i thafod fforchog yn cordeddu am ei fawd. Safai Bobi Robaits yn y cylch yn ei gôt laes goch a'i drywsus gwyn a'i fwtsias lledr du a'i chwip glec wedi ei phlygu tu ôl i'w gefn ac yntau heb gymryd dim sylw o'r gweilch anhydrin. Dwy gorlan draw oedd Llinos a finnau. Es i'r caban candi-fflos ar hanner amser a gwylio'r we binc yn chwyrlïo mewn padell. "Cofia dy newid," meddai'r ddynes sgarff coch gan wthio rhyw bres i'm llaw.

"Dyro dy fraich amdana i," meddai Llinos. "Ti'n gneud fy myd i'n gynnas." Ein noson allan gynta ni oedd hi ers i Ianto gael ei eni. Y bore trannoeth roedd hi'n tresio bwrw glaw. Un o'r hafau rhynllyd rheini fydd byth yn cnesu. Gwelais ddynion diarth mewn cotiau glaw llaes wedi hel o gwmpas giât yr ardd. Haf heb heulwen na hwylbrenni. Ar hynny dyma sŵn eu sgidiau'n crensian ar y cerrig mân wrth iddyn nhw frasgamu am y drws ffrynt. Roedd hynny dair blynedd ar ddeg yn ôl a finnau'n fan'ma yn y caets mwnci byth ers hynny. Dwi'n eu cofio nhw'n dweud wrtha i am wagio fy mhocedi a finnau'n sylwi bod fy llaw yn crynu wrth imi osod newid mân a cherdyn talu a manion eraill ar y bwrdd. "Sbia be sgin y gingroen," meddai'r archwiliwr gan droi at ei bennaeth.

Roedd y sofran yn pelydru'n dawel fel haul a'i lliw yn llenwi llgadau'r archwilwyr. Rhoes y pennaeth faneg dryloyw am ei law a'i chodi rhwng bys a bawd. Rhoes ei ben ar osgo i sbio i fyw fy llgadau a finnau'n gweld y rhwydi cochion yng ngwyn ei lygaid. "Gest ti noson brysur neithiwr, yn do?" meddai. "Lle arall fuest ti heblaw'r syrcas?"

"Tyn dy fachau oddi arna i," meddwn innau. "Sgin i ddim byd i'w guddio."

"Mae gan bawb rywbeth i'w guddio," meddai a'm gwthio o'i afael. "Ein gwaith ni ydi darganfod beth ydi o."

Gwthiodd sgrin o flaen fy wyneb i ddangos imi luniau o'r lle y cafwyd y corff. Tydw i'n nabod y lle erioed. I gors y foel y byddem ni'n mynd yn blant i lamu dros y pyllau duon ac i neidio oddi ar ben y pytiau o waliau; mae'r rheini bellach bron â suddo i'r mawn fel esgyrn Iwerddon. Ceisiais eu darbwyllo na wyddwn un dim am yr helynt ond dyma'r pennaeth yn fy nghywiro'n chwyrn: "Tydan ni ddim yn arestio pobol ddiniwed, fy ngwas i. Mi ddoi di i ddeall hynny cyn bo hir." Amneidiodd ar ei weision. "Allan â fo."

Aethpwyd â fi i'r ddalfa a mwgwd dros fy llgadau. Aethom ni ddim yn bell iawn. Ac mi gawn fynd oddi yno pryd bynnag leiciwn i, meddai'r prif arteithiwr, dim ond imi arwyddo'r datganiad a dweud y gwir. A nhwythau'n fy nghuro'r eildro ar friwiau du las fy nghoesau, roedd fel cael tollti dŵr berwedig ar fy hyd. Byddwn weithiau ar fy nhraed yn fy unfan heb symud na bawd na throed am nosweithiau bwy gilydd. Droeon eraill byddwn mewn cell heb wres a rhew ac eira yn lle gwely, neu mewn cell chwilboeth a finnau'n crefu am ddŵr ac yn cael tywod mewn desgil. Weithiau deuai'r atgof am yr haul yn codi trwy'r niwl fel melynwy mewn blawd ond cilio o'm gafael fesul dipyn a wnâi'r byd.

Roeddwn i wedi colli cownt o'r diwrnodiau. "Dwi'n barod i arwyddo," meddwn i un diwrnod cyn i'r sesiwn gychwyn.

"Be s'an ti'r sglyfath?" meddai gwas yr arteithiwr gan godi'i ben oddi wrth y strapiau a'm daliai yn fy lle. Roedd ei llgada fo'n pefrio'n ei ben. "Methu dal y pwysau, ia?" Dyma fo'n suddo'i ddannedd i'm gwddw a finnau'n gwllwng sgrech dylluan.

"Gad o," meddai'r prif arteithiwr. "Dos i nôl y papurau."

Cyfaddefodd y twrnai a roddwyd imi iddo gysgu droeon gydol yr achos. "Pam lai?" meddai. "Roedd hi'n amlwg i bawb dy fod ti'n euog."

"Pam na fasat ti wedi cynnig bargeinio?"

"Hefo be?" meddai a thanio sigarét.

Welais i mo'r twrnai wedyn ond mi welais y prif arteithiwr. Do, ymhen blynyddoedd; roedd o'n gwisgo siwt y tro hwn, nid ffedog waed. Cododd ei ben o'i gyfrifiadur ac edrych arnaf trwy gil ei lygaid. Eglurodd nad oedd ganddo ddewis ond fy ngham-drin, dyna oedd ei waith yr adeg honno, dyna oedd yn cynnal ei deulu. A beth bynnag, nid y fo oedd y gwaethaf o bell ffordd. Y gwas oedd wedi cymryd ei le erbyn hyn – doedd hwnnw ddim yn gall.

Beth bynnag, doedd o'n dal dim dig tuag ataf, meddai. Roedd pawb yn ildio yn y pen draw; roeddwn i'n un o'r rhai hawsaf i'w trin. Roedd yn ollyngdod i lawer gael y baich oddi ar eu hysgwyddau a nhwythau'n cael cyfadde'r gwir a syrthio ar eu bai. Roedden nhw'n rhydd wedyn i gamu'n ddilyffethair eu tri cham ar ddeg i'r siambr olaf. Dywedodd wrthyf iddo gael dyrchafiad dair blynedd ar ôl iddo fy mhrosesu. Gwaith swyddfa. Braf iawn. Dyna lle roedd y polisïau'n cael eu gweinyddu. Ac eto doedd hi ddim yn fêl i gyd yn y swyddfa chwaith; doedd dim modd agor y ffenestri a byddai'r peipiau'n rhy boeth drwy'r haf. Ac eto, dros y gaeaf roedd y rheiddiaduron yn cael eu troi i wres isel a'r dynion yn rhynnu dros eu cyfrifiaduron.

Dw innau'n byw mewn blwch heb ffenest efo'r golau ar fynd ddydd a nos nes drysu'r oriau a'r dyddiau a'r tymhorau. Does yma ddim munud o dawelwch. Mi feddyliais i ddechrau mai rhan o'r gosb oedd y curo ar y pibellau a'm cadwai ar ddi-hun. Ond un tro daeth pwt o bapur i'm gafael, ges i hyd iddo fo'n sownd i waelod fy hambwrdd bwyd. Dyna sut y dysgais wyddor y waliau.

Wrth gwrs, mae cyfathrebu wedi ei hen wahardd yn y carchar, ond ar waetha pawb a phopeth, fedran nhw ddim atal gwyddor y waliau. Fues i wrthi'n gwrando am batrymau yn y curo ond methu gwneud na rhych na gwellt ohono fo nes imi gael y papur a gwrando'n astud drachefn. Fiw inni gael ein dal yn arddel gwyddor y waliau ond mae'r ysfa i gyfathrebu'n drech nag unrhyw arglwydd; rhaid inni brofi bod yna fyd tu hwnt i'n caethiwed. Dyna pam 'dan ni'n cnocio ar y pibellau.

Gwyddor 28 llythyren sydd gennym, gan gynnwys 'j' ond heb gynnwys 'ng', a hithau wedi ei rhannu ar draws saith colofn o bedair rhes. Felly '3,3; 2,3; 4,2; 5,2' ydi 'helô'. Llyncais y dystiolaeth ar ôl ei dysgu ar fy nghof.

	1	2	3	4	5	6	7
1	a	d	ff	j	n	r	th
2	b	dd	g	l	o	rh	u
3	c	e	h	ll	p	s	w
4	ch	f	i	m	ph	t	y

"Pwy wyt ti?" oedd y frawddeg gyntaf imi ei dallt. Dyn o'r dre'cw oedd o hefyd erbyn dallt ac roedd o wedi bod yn holi pwy oeddwn i ers talwm. Hwyrach mai fo sleifiodd y papur imi dan yr hambwrdd o weld nad oeddwn i ddim yn cnocio'n ôl. Dywedodd trwy'r wal beth o hanes fy nheulu wrtha i a'u bod wedi hen groesi'r môr yn ôl i'r Ddinas Newydd.

Digon o waith y gŵyr neb o'r tu allan ddim o'm hanes erbyn hyn, meddai. Doedd ganddo fo ddim syniad fy mod i yma, er iddo gyrraedd sbel ar f'ôl. Tydw i yma ers blynyddoedd yn cerdded hyd a lled y gell, fesul tri cham a throi, tri cham a throi, nes cyrraedd America. 'Nôl ac ymlaen fel pendil cloc, cyfri'r camau, dychmygu'r siwrnai. Cerdded fel dinesydd arall o'r brif fynedfa a finnau'n sefyll ar y sgwâr a sŵn gwylanod uwch fy mhen. Troi'r gornel yng ngwaelod stryd y gwynt, croesi'r gamlas dros bont y cariadon ac ar hyd rhodfa glan yr afon dan gysgod y coed llwyfen ac ymbarelau'r bwytai. O ddwndwr y dref cerddais i'r maestrefi, ac ymlaen ar hyd y dyffryn, rhwng waliau cerrig draw am y gorllewin. Cyrraedd ffin a'i chroesi heb bapurau. Mynd i'r môr ar ben cob yr harbwr gan ddal i gyfri'r camau. Cerddais fel Iesu ar wyneb y dyfroedd a'r cilomedrau'n diflannu fesul mil o gamau. Ambell waith byddai heigiau o bysgod yn llamu o'r dŵr a'u hesgyll ar led. Cefais gwmpeini llamhidydd chwilfrydig ar draws darn o'r cefnfor. Fues i ar fy mhen fy hun eto wedyn nes gwelais wylan unig yn troelli fry uwchben a gwyddwn fy mod i'n agosáu.

Gwelais seren las ar y gorwel draw a droes yn fryncyn glas a dau lyn arno. Gwelwn law las a ffagl dân na losgai. Deuthum i'r lan ger y Tir Chwalu ar ben draw Hir Ynys. Tramwyais strydoedd hirion ac unionsyth nes cyrraedd yr hen gartref brics coch a'r grisiau metel a'r landins ar hyd y waliau tu allan.

Roedd Llinos yn y gegin a'i chefn ataf, wrthi'n tafellu ciwcymbr. Pesychais. Troes hithau ar ei hunion ac aeth ei chyllell trwydda i. Mi gerddodd hithau trwydda i wedyn gan gwyno'i bod hi'n oer.

"Diffodd y peiriant awyru os ti'n oer," meddai'r dyn a ddarllenai bapur newydd wrth y bwrdd. Sylwais ar y tatŵ pen neidr ar gefn ei law.

Aeth Llinos o'r gegin ond nid i ddiffodd y peiriant awyru'r aeth hi ond i agor drysau'r balconi gan sefyll a syllu tua'r dwyrain. Roedd hi'n noson fyglyd boeth. Sgwn i oedd hi'n clywed aroglau mwg llosgi'r ffridd ac yn gweld y fflamau yn y grug? "Ti'n cofio pan oeddwn i'n gneud dy fyd di'n gynnes?" meddwn i. Troes hithau ar ei sawdl.

Sgwn i fydd hi'n deffro a'm llais yn ei chlustiau, weithiau, rhwng nos a bore?

Es i heibio iddi ac i fyny'r grisiau. Roedd Ianto wrthi efo'i gyfrifiadur, chwarae rhyw gêm na faswn i byth yn ei deall, mae'n siŵr. Eisteddais ar ei wely i'w wylio. "Ti'n cofio fi?" meddwn i pan oedd o'n tynnu'i wynt ato ar ôl cyrraedd rhyw uchelfan tyngedfennol. Cododd ei ben.

"Cer i dy wely, Ianto," galwodd llais ei fam o waelod y grisiau.

Rhoes ei law drwydda i ar y gwely a'i thynnu'n ôl ato. "Mae'r gwely'n wlyb socian, Mam," gwaeddodd.

Clywais ei sodlau'n dyrnu i fyny'r grisiau. "Be ddiawl ti 'di wneud rŵan?" meddai'n flin.

"Wnes i ddim byd," meddai Ianto.

"Dŵr hallt," meddai'i fam gan ffroeni cledr ei llaw.

"Ddim y fi wnaeth," meddai Ianto.

"Rhaid imi newid dy gynfasau rŵan," meddai hithau. Doedd hi ddim i'w gweld yn hapus iawn.

"Sori," meddwn innau, ond chymerodd neb sylw ohona i.

Cerddais i lawr y grisiau ac allan o'r tŷ i'r strydoedd a'u tacsis melyn a'r mwg yn codi o'r palmentydd. Euthum yn fy mlaen am Faltimor lle roedd Wil Pont Ucha Braich wedi bod unwaith ar ei rawd. Dilyn lôn 95 i'r de tua Philadelphia. Sefais yn hir ar groesffordd ym Mhensylfania gan wrando ar y gylfinir a chwibanai o'r mynydd.

"Noswaith dda, gyfaill," meddai Wil Pont Ucha Braich wrthyf a finnau rywle rhwng Philadelphia a Baltimor. "Be ddaeth â chdi i le fel hyn?"

Dangosais iddo fo'r creithiau ar fy nghoesau.

"Taclau brwnt," meddai Wil.

"Mi wyddost nad y fi a'th laddodd di?" holais.

"Gwn," meddai Wil. "Fel arall fyddet ti ddim ym Mhensylfania."

"Ydi Baltimor yn bell?"

"Awn ni hefo'n gilydd," meddai.

Roedd fy mhen yn y gwynt a'm synhwyrau ar waith led y pen. Mi glywn glecian pob brigyn yn y goedwig a gweld pob gwlithyn yn pefrio fel diemwntau yn y gwair. Ond chyrhaeddom ni fyth mo Baltimor. Clywais chwa o wynt ar fy moch a'r munud nesa daeth y rhyferthwy ar fy ngwarthaf.

Chwythodd y gwynt fel llafn drwy 'nghlust a finnau'n crafangu am sypyn o rug ar glogwyn mynydd. Roedd y grug yn codi o'i wreiddyn a'r cerrig mân yn syrthio fel dagrau rhwng fy mysedd. Clywais sŵn fy sgidiau'n crafu'r graig cyn sylweddoli fy mod i'n disgyn i'r gwacter.

Y munud nesa roeddwn i ar fwrdd llong a'm stumog yn codi i'm gwddf wrth iddi bowlio a rhowlio fel corcyn ar y dŵr. Roedd y glaw'n hyrddio a'r môr yn berwi, y morwyr yn gweiddi ac yn eu clymu'u hunain i'r hwylbrenni.

Canais yn iach â'r byd a llithro ar fy mhen i'r eigion. Ond yn lle trochion hallt cefais goed palmwydd ar erchwyn traeth a'u dail yn chwifio a'r haul uwch fy mhen a finnau'n gwasgu'r dŵr o gonglau fy llgadau. Roeddwn i'n gorwedd ar wastad fy nghefn ar dywod gwyn, mân. Clywais adar o'r coed yn sgrechian. Daeth Wil ataf ac estyn ei law.

Heno ga i gau fy nannedd am dafod y sarff a'i thynnu hi fel sgarff oddi ar f'ysgwyddau. Dim ond tri cham ar ddeg sydd ar ôl o'r siwrnai hon o'r gell i'r siambr olaf lle mae'r sioe ddifa ar gychwyn heno. Sgwn i a fydd teulu Wil Pont Ucha Braich yn y ffenest i weld cyfiawnder ar waith ar y gwely gwenwyn? Allan yn y nos mae'r lleuad yn llwy yn troi yn nŵr yr aber a'r sêr yn dawnsio ar y tonnau. Drostyn nhw daw rhedwyr y maes a'u neges am y saeth i galon y gwirionedd a'r glorian eto'n mesur cariad ochr yn ochr hefo marwolaeth.

Orennau

ORENNAU LEWIS OEDD ŵyr cyntaf Fred a Beti Arbennig o'r Rhydwaedlyd, Rhiwbeina, ond yn Rachub ger Bethesda y cafodd ei eni. Roedd ei daid a'i nain wedi ymfudo i'r de ymhell cyn i hynny fynd yn ddyletswydd cymdeithasol a ganed iddynt fab a alwasant yn Rhywbeth. Dridiau'n ddiweddarach cawsant bwl o edifeirwch dros yr enw a cheisio'i newid i Bambŵ ond roedd yn rhy hwyr, roedd y cyfnod ailfeddwl wedi cau. Yn ystod ei flynyddoedd cynnar ni allai Rhywbeth Arbennig ddeall pam iddo gael ei fedyddio ag enw mor wirion nes iddo sylweddoli mai twp yn hytrach na maleisus oedd ei rieni. Ar un adeg roedd wedi coleddu uchelgais i gael mynd i'r Coleg Normal i ddysgu i fod yn gonfensiynol ond caewyd y lle fel yr oedd yn camu oddi ar y trên ym Mangor. Gyda digofaint lond ei galon a nifer o docynnau gwin am ddim o'r siop ger Moduron Coleg aeth i holi am le yn y Brifysgol. Ni chafodd drafferth i gael ei droed yn y drws ond cafodd gryn drafferth i gael ei esgid yn ei hôl. Gwelodd hysbyseb yn *Y Goriad* am le am ddim yn Ysgol Brofiad nad oedd yn gofyn am unrhyw gymwysterau ac aeth amdani. Cafodd gap a ffedog goch a ffenest i basio bwyd i bobol yn eu ceir. Un nos Sadwrn cyfarfu â merch o Fôn o'r enw Siwgwr Coch Lewis oedd wedi archebu sglodion tenau a disgynasant mewn cariad yn y fan a'r lle. Roedd hi'n astudio am radd mewn diwinyddiaeth felly treuliasant y noson honno yn ei chroglofft ar Lôn Siliwen a phenderfynu priodi'n syth bìn a chael llond tŷ o blant. Erbyn i Siwgwr Coch ddeffro drannoeth y bore roedd Rhywbeth wedi bod i'r stryd i nôl modrwy ddyweddïo blastig iddi o Argos a bwnsiaid o flodau garej.

Aethon nhw i fyw mewn fflat yn Rachub a ganwyd iddyn nhw fab a'i alw'n Orennau. Cytunwyd bod Orennau Lewis yn well enw nag Orennau Arbennig gan nad oedd enw rhyfedd bob tro'n fantais. Prifiodd Orennau'n bwlffyn o hogyn tebol ac amryddawn a chafodd lwyddiant ysgubol yn yr ysgol heblaw na phasiodd yr un arholiad. "Mae dy ddoniau di tu hwnt i fân brofion," meddai'i dad wrth ei guro'n ddu las noson y canlyniadau.

Dyn lliwgar iawn ac amryddawn ydi Orennau Lewis ac mi fydd wastad yn gwthio'r ffiniau i weld a fedar eu croesi. Ni ellir ond edmygu'i ddycnwch a'i ymroddiad. Bu ond y dim iddo gael y maen i'r wal unwaith ond daeth y wal i lawr ar ei droed a rhoes y ffidil yn y to ond daeth y nenfwd i lawr am ei ben. Aeth i weithio mewn angorfa ond methodd aros yn ei unfan yn ddigon hir felly croesodd bont Borth i geisio dod at ei goed ond roedd y derwyddon yn dal i guddio'r tu ôl iddyn nhw. Wedi cyfnod o aredig y tywod ger Abergwyngregyn aeth i hyfforddi fel nofiwr corsydd a chael swydd gohebydd lliwiau i Radio Cymru a'i yrru i Efrog Newydd.

Trwy ffenest fawr y canfed llawr gwelai Orennau'r haul machlud yn goleuo tyrau Manhattan ac yn sgleinio oddi ar yr afon. Camodd yn ysgafn fel iâr yn sengi ar farwor i gefn yr ystafell lle traethai'r Athro Hapenberger am ei bwriad i'w thaflu'i hun o ben ucha'r bont aur yng Nghaliffornia. Byddai hwn yn benllanw ar ei gyrfa fel artist perfformiadol yng nghyd-destun celfyddyd gain draddodiadol a rhyngddisgyblaethol. O ran ymateb y gynulleidfa i fwriad yr Athro Hapenberger, gellid dyfalu na fyddai ots gan y rhelyw o ba bont y dewisai neidio cyn belled â'i bod hi'n ddigon uchel. Pan agorwyd y sesiwn holi ac ateb yr unig gwestiwn a ofynnwyd oedd 'Pa bryd?'

Wedi i bawb adael, ac yntau Orennau Lewis wedi tancio'n o lew ar y gwin am ddim, aeth at yr Athro Hapenberger i geisio sgwrs. Chwifiai lasaid enfawr o Siardonê yn y naill law gan droi'r llall fel asgell melin wynt. "BBC," gwaeddodd. "Sgwrs i'r Post Cyntaf?"

"Pwy ydi hwn?" Meddai'r Athro Hapenberger.

"Dyro'r gwydraid yna i lawr, Syr," meddai un o warchodwyr yr Athro Hapenberger gan gloi ei ben ym mhlyg ei benelin a throi'i arddwrn nes oedd o'n gwingo.

"Gwll fi'r ffasgydd," gwaeddodd Orennau. "Dwi ddim yn chwil. Neidiwch o ben yr Wyddfa, mae o'n well lle na rhyw bont glec yn San Ffransisco." Llwyddodd i dynnu amserlen trên bach yr Wyddfa o'i boced a'i gwthio i'w llaw.

Llusgwyd Orennau Lewis o'r stafell ac yntau'n gweld bysedd hirion yr Athro Hapenberger yn rhwygo'r daflen gan daflu'r darnau fel conffeti. "Ond beth am y cyfweliad, Athro Hapenberger?" gwaeddodd ac yntau'n cael ei wthio i'r lifft.

Does dim dwywaith ei bod hi'n her weithiau i ohebydd lliwiau radio gadw sylw'i wrandawyr ond dyfalbarhad oedd arwyddair Orennau Lewis a dal ati oedd ei arwyddair arall. Ymfalchïai fod ganddo o leiaf un arwyddair ar gyfer pob achlysur.

Ni ellir gwell mynegiant o ddycnwch ei weledigaeth na'i eiriau yn ei ddarllediad enwog o Fynydd Paris, "Y geiriau sy'n dynodi lliwiau ydi'r hanfod sy'n eu codi ar adain gwynt." Ni wyddai neb beth oedd o'n ei feddwl, mwy nag yntau, ac felly cafodd gryn sylw yn y wasg. Cafodd glod gan benaethiaid ei orsaf am ddarllediad o Sarn Badrig un tro pan aeth i afiaith wrth sôn amdano'i hun yn llywio cwch hwylio ar draws tonnau amryliw i wawrddydd hardd ac anghyfarwydd – nes iddyn nhw ddarganfod lle'r oedd o wedi bod y noson cynt ac efo pwy. Cafodd ei feirniadu'n hallt hefyd am gynnig gwobr ar y *Post Prynhawn* i unrhyw un a allai glymu'i elynion i gefn car llusg a'u tynnu wysg eu tinau trwy'r drain.

Galwyd Orennau gerbron y panel disgyblu. Eglurwyd iddo nad oedd cyllideb ar gael ar gyfer gwobrau o'r fath ac y dylai wirio unrhyw gynigion ariannol ymlaen llaw efo'i bennaeth adran. Cafodd ei ddiraddio'n Is-Ohebydd Lliwiau Dros Dro fel cosb am ei gamwedd a'i anfon ar ei ben i Gynhadledd Liwiau yn Nhahiti.

Pan gyrhaeddodd Orennau Lewis yr ynys gadawodd i'w gwch siglo'n braf ar y tonnau gan dynnu'r rhwyfau o'r dŵr a gwylio'r haul yn suddo tu ôl i'r palmwydd cnau coco ar y lan. Toc clywodd waelod ei gwch yn crafu ar y cregyn a llamodd allan i'w llusgo i'r traeth. Dyna lle bu wedyn ar ei hyd ar y tywod nes gwelodd yr Athro Hapenberger yn brasgamu tuag ato trwy'r tonnau fel rhyw fôr-forwyn gorfforaethol orffwyll a'i het gantel lydan ar ei phen a hithau'n gafael yng ngodre'i sgerti trymion i'w codi dros y tonnau.

"Yr Athro Hapenberger!" meddai gan estyn ei law. "Ers talwm."

"Wyddost ti rywbeth am hyn?" meddai hithau gan bwyntio at ochr bella'r traeth lle roedd y greigres yn codi o'r pyllau a'r gwylanod yn ymgecru uwchben llong hwyliau fawr ar ei hochr wedi ei dryllio ar y cwrel gwyn.

"Mi fedra i egluro," meddai Orennau Lewis.

"Nid er mwyn gwybod sut i ladd mochyn y cefais fy hyfforddi i fod yn athronydd," meddai'r Athro Hapenberger. Cododd gantel ei het mewn modd sarcastig. "Mi rwyt ti fel chwannen ar gynffon llwynog," meddai gan wthio cerdyn i'w law. "Tyrd i'm gweld i Efrog Newydd."

Gafaelodd Orennau Lewis yn ei beiriant recordio a'i baglu hi ar ei hôl i'r coed. Roedd o'n siŵr y câi sgŵp anhygoel y tro hwn.

Pan gyrhaeddodd Orennau Lewis yn ôl i Fryn Meirion roedd y rhan fwyaf o bawb wedi anghofio amdano, ond gan ei fod yn dal i gael ei dalu fe'i galwyd i mewn i'r swyddfa ddisgyblu.

"Nid oedd dim byd ond tywod yn y peiriant recordio," meddai'r pennaeth adran.

"Ydio'n beiriant drud?" holodd Orennau.

"Y peiriant llais oedd y peth rhataf iti'i ddifetha yn ystod dy chwe mis yn Nhahiti," meddai. "Rwyt ti'n ohebydd di-glem ac yn dreth ar ein hadnoddau. Diolcha fod gennym lefel is iti. Gei di fod yn Is-Ohebydd Heb Liwiau o hyn ymlaen a'r job nesa iti ydi Ffair Fulod Ffynnongroyw ar gyfer rhifyn Pasg *Caniadaeth y Cysegr*."

"Hwrê," meddai Orennau Lewis.

Nid oedd gwerthwyr mulod Sir Fflint yn awyddus i siarad efo Orennau Lewis ond o'r diwedd cafodd gyfweliad gyda masnachwr mulod o Dreffynnon.

"Beth fedrwch chi'i ddweud wrth y gwrandawyr am y mul yma?" holodd Orennau Lewis.

"Mae o'n ful arbennig," meddai'r mulwerthwr.

"Tydio ddim yn lliwgar iawn," meddai Orennau.

"Un tro aeth o i Gaer i weld y Gadeirlan," meddai'r mulwerthwr. "A chwrdd â chwaer y maer a'i mam mewn archfarchnad."

"Hwyrach ei fod o'n ful arbennig," meddai Orennau Lewis, "Ond mae'n ddi-liw braidd. Onid oes gennych fulod cochion, melynion, gwyrddion, gwynion, pincion…?"

"Geifr sy'n lliwgar," meddai'r mulwerthwr. "Wythnos nesa mae'r ffair eifr, yn Nefyn."

"Be sgen ti yn erbyn lliwiau?" meddai Orennau Lewis.

"Dim byd heblaw nad ydyn nhw'n gweddu i ti," meddai'r mulwerthwr. "Yli hyll ydi dy dei oren di efo'r crys gwyrdd yna ac mae dy drywsus piws di'n erchyll."

"Dipyn o ffasionista, wyt, y ffasgydd brwnt," meddai Orennau Lewis gan droi tu min. "Hwyrach yr hoffet ti arch seicadelig ar dy ben-blwydd?"

"Hwyrach yr hoffet ti gnoc ar dy ben, crinc," meddai'r mulwerthwr.

"Pam nad ei di at y ffarier i weld fedrith o sortio dy geg gam di?" meddai Orennau.

Wrth lwc daeth bachgen bach o Ffair Rhos heibio cyn i

Orennau Lewis golli gormod o waed. Galwyd ambiwlans ac aethpwyd ag Orennau Lewis i Glan Clwyd lle dadebrodd ar droli mewn pasej. Pan ofynnwyd iddo oedd o angen clun newydd dywedodd fod ganddo ddwy'n barod ac nad oedd angen rhagor. Ar ôl cwpwl o oriau yn y pasej cafodd ei hel adref am nad oedd fawr yn bod arno heblaw'r anafiadau difrifol i'w ben.

Dychwelodd i'w waith â sbectol haul fawr ar draws ei drwyn a'i gynffon yn ei afl. Pan alwyd o i'r swyddfa tybiai mai hwn fyddai'r ffarwél olaf ond cafodd ei siomi ar y ochr orau. Cafodd glod ac anrhydedd am ei waith am y tro cyntaf erioed. Roedd gwrandawyr *Caniadaeth y Cysegr* wedi mwynhau'r darn am fulod, yn enwedig gan nad oedd a wnelo fo ddim oll â'r rhaglen, a chafodd ei anfon i wneud eitem liwgar ar ryw seremoni wobrwyo neu'i gilydd yn y Coleg ar y Bryn.

Roedd yna lond y cwad o fyddigions yn yfed gwin byrlymus ac yn malu awyr. Llwyddodd Orennau Lewis i ddenu haid o is-raddedigion i babell yn y gornel i recordio eitem ar waith Siôn Cent. Pan welson nhw nad oedd dim gwin ar ôl aeth yr efrydwyr i chwilio am y bar a daeth yr Athro Hapenberger dros y trothwy ato. "Fe ddaru nhw ddweud y cawn i hyd iti fan hyn," meddai.

"Ydach chi wedi bod yn chwilio amdana i?" holodd Orennau Lewis.

"Wyt ti'n cofio'r ddau ohonom mewn bar ar ben to

gwesty ar bumed rhodfa Efrog Newydd a ninnau'n edrych allan dros y parc canol ac yn sôn am yr hen amseroedd ac yn gweld y lleuad yn codi a'r adeiladau'n frith o oleuadau?"

"Nac'dw," meddai Orennau Lewis. "Oeddwn i yna?"

"Dim ots a oeddet neu beidio," meddai'r Athro Hapenberger. "Rwyt ti yma rŵan ac am ryw reswm dyma'n lle ni."

"Os dach chi'n deud, Athro Hapenberger," meddai Orennau Lewis. "A dwi'n falch na wnaethoch chi ddim neidio o ben yr Wyddfa i lawr."

"Galw fi'n Teleri Lewis," meddai.

"Ai dyna'ch enw chi?" meddai Orennau Lewis.

"Ddim eto," meddai, "Ac mi gei di roi'r gorau i'r 'chi a chithau' yna hefyd, dim ond un ohonof fi sy'ma." Gafaelodd yn ei law a'i dynnu ati.

Er na wyddai Orennau Lewis lawer am bethau fel hyn fe blygodd at yr Athro Hapenberger nes oedd eu trwynau'n cyffwrdd a bu ond y dim iddynt gusanu.

Pethau rhyfedd ac annisgwyl ydi lliwiau, meddyliodd Orennau Lewis, fel geiriau'n llithro o'ch gafael weithiau.

Canu'n Iach

ROEDD CYSGODION HIRION diwedydd o haf yn lledu ar draws y caeau gwenith a siffrwd rhythmig pladuriau'r medelwyr yn suo ar y gwynt. Arhosodd Alyosha Sergeyefits, Iarll Acsacof, am ysbaid arall i'w gwylio gan daro llygad tua'r cymylau oedd yn hel dros frigau'r coed. Dychwelodd i'r plasty i gyfeiliant crawcian y brain ac aeth i'w lofft i newid ar gyfer y gyda'r nos. Roeddent yn disgwyl gwesteion, wrth gwrs, ond noson anffurfiol oedd hon heno gyda dim ond pump cwrs i'r swper. Ar ôl bwyd aeth yr Iarll at y piano i gyfeilio i'w wraig, yr Iarlles Anastasia. Canodd hithau gadwyn o hen benillion a nifer o'r caneuon gwerin dagreuol oedd mewn bri ymysg y bonedd ar y pryd, a phawb yn dotio at eu cywreinrwydd. Cododd yr Iarll wedyn i ddatgan rhai o'i gywyddau diweddar a'r rheini'n dwyn enwau megis *Y Cynhaeaf* ac *A Heuir a Geir*. Cymerodd y cyfle hefyd i gyflwyno amlinelliad cryno o'i waith ar wella'r cnydau, a'i arbrofion efo hadau. Ar ôl hynny aeth y dynion drwodd i'r ystafell ysmygu i yfed brandi a chwarae cardiau gan adael y merched i ymddiddan dros eu Siampáen.

Aeth yr Iarlles i eistedd efo'i chyfeilles Tatiana Kusnetsofa. "Mae Alyosha mor brysur rhwng ei waith arbrofi a'i ddyletswyddau swyddogol," meddai. "Wyt ti'n cofio mor hwyliog oeddem ni adeg y briodas llynedd? Heb air o gelwydd iti, erbyn hyn, prin ydw i'n ei weld o. Wastad wrthi efo rhyw alwadau yma a thraw, a phan fydd o gartref, yn ei fyfyrgell fydd o efo'i lyfrau neu yn ei labordy efo'i hadau. Mae'n gallu bod yn ddigon unig arnaf, wyddost ti, ac mewn cwta ddau fis arall fydd y gaeaf ar ein gwarthaf."

"Pam na ddoi di atom ni i'r brifddinas tan y Nadolig?" meddai Tatiana. "Mi wneith fyd o les iti. Awn ni efo'n gilydd i weld ffasiynau newydd siopau'r Arbat ac am ginio i *Yar* bob diwrnod o'r wythnos."

"Mi fyddwn i wrth fy modd," meddai'r Iarlles. "Ond ddof i ddim eleni."

Gadawodd coetsys y gwesteion toc ar ôl un o'r gloch y bore ac aeth yr Iarll a'r Iarlles i'w llofftydd.

Erbyn canol y bore trannoeth, a'r Iarll yn dal heb godi na dyfod i lawr y grisiau, aeth yr Iarlles i edrych amdano. Cwynodd fod ganddo andros o gur yn ei ben a'i fod o'n teimlo'n oer drosto. Awgrymodd ei wraig y dylai aros yn ei wely ond mynnodd straffaglu at ei ddesg lle roedd ganddo draethawd angen ei bostio.

Ceisiodd ddarllen drosto. "*Yn ystod wyth mlynedd*

fy arbrawf yr wyf wedi plannu ac ailblannu cannoedd o
samplau o wenith o bedwar ban byd ac wedi dysgu llawer
am wella cnydau," darllenodd a'r papur yn crynu yn ei
law. *"Trwy brofi'r hadau'n wyddonol ar gyfer eu gallu i*
wrthsefyll heintiau a mesur eu maeth a'u hirhoedledd rwyf
wedi datblygu hadau gwenith na welwyd mo'u bath o'r
blaen yn yr Ymerodraeth. Mae grawn Acsacof yn galed ac
o addasiad cyffredinol gyda rhinweddau cynhyrchu da a
ffyniant ardderchog ac yn rhoi blas da ar y bara. Manylaf
isod ar fy nhechnegau a rhoi canlyniadau fy ymchwil i'r
farchnad ar gyfer y cynnyrch arloesol hwn a fydd, yn fy
marn i, yn hwb i'r wlad a'i gwerin ac yn gyfraniad i'n
hymdrech i godi gwerth allforion grawn o'r fam wlad i…"

Rhoes y ddogfen i lawr a sychu'i dalcen. Gwthiodd y
papurau i amlen fawr gyda'r llythyr yr oedd eisoes wedi
ei baratoi a chyfeirio'r cwbwl i'r Golygydd, *Yr Amaethwr,*
Mosgô. Galwodd was ato. "Dyro hwn yn y sgrepan i fynd
efo'r post cyntaf fory," meddai gan geisio codi oddi wrth
ei ddesg ond aeth y fath wayw drwyddo fel y bu'n rhaid i'r
gwas ei gynnal wrth ei hebrwng yn ôl i'w lofft.

Daeth y morynion â chawl a bara iddo amser cinio ond
nid oedd arno eisiau bwyd. Gwlychodd yr Iarlles ei dalcen
gyda lliain gwyn ac agor y ffenestri led y pen. Erbyn canol
y pnawn a'r Iarll yn dal i riddfan ac yn siarad am bethau
rhyfedd, gyrrwyd Egor, y Gwas Mawr, i'r dref i gyrchu'r
meddyg.

Erbyn i'r trap gyrraedd yn ôl roedd cryman o leuad yn crogi dros y bryn a'r sêr yn dechrau agor eu llygaid. Ymddiheurodd y Gwas Mawr am yr oedi gan egluro'n ddistaw bach wrth yr Iarlles iddo gael trafferth i gael y meddyg i adael y bwyty lle roedd o'n dathlu pen-blwydd un o'i nithod. Hebryngwyd y meddyg ar ei union i'r llofft ac aeth yn sigledig ddigon i eistedd wrth erchwyn y gwely. Cyfrodd byls y claf a gwrando ar ei frest. "Lle mae'r boen?" holodd.

"Pigyn yn fy ochor," meddai'r Iarll trwy'i ddannedd.

"Camdreuliad, mi warantaf," meddai'r meddyg. "Ac wedi gorflino yn fwy na dim. Gorffwys yw'r meddyg gorau. Mi anfonaf ffisig yn ôl efo'r gwas." Tarodd nodyn yn ei lyfryn. "Ydi hi'n amser torri syched, 'dwch?"

Aethpwyd â'r meddyg i un o'r ystafelloedd eistedd i gael llymed o frandi cyn ei hebrwng adref yn y cerbyd caeedig. "Egor, tyrd â'r botel ffisig yn syth i'm llaw pan ddoi di'n d'ôl," meddai'r Iarlles wrth y Gwas Mawr.

"Iawn, Feistres," meddai'r Gwas Mawr ac i ffwrdd â nhw.

Ymhen dwyawr daeth sŵn carnau trwy'r ffenestri agored ac aeth yr Iarlles i'r blaen-gwrt i ddisgwyl y Gwas Mawr. "Gest ti'r ffisig?" meddai.

"Do, Feistres," meddai'r gwas gan estyn iddi botel ddu â chorcyn arni.

"Dim ond y ni sydd yma, Egor," meddai. "Does dim rhaid iti fod mor ffurfiol. Tyrd i'r tŷ i'm helpu am funud."

Dilynodd y Gwas Mawr yr Iarlles i fyny'r grisiau i lofft ei gŵr. "Cwyd o ar ei eistedd," meddai'r Iarlles, "imi gael rhoi'r ffisig iddo fo." Gwthiodd lwyaid rhwng ei wefusau. Aeth y rhan fwyaf ar hyd ei drawswch a'i ên ond llwyddodd i gael ganddo lyncu diferyn.

Y bore wedyn pan aeth yr Iarlles i'w lofft gwelodd nad oedd ei gŵr wedi symud na bawd na throed trwy'r nos a bod ei dalcen a'i ruddiau'n glaer wyn. Galwodd y forwyn fach. "Cer i nôl y Gwas Mawr," meddai.

Cododd ei phen pan welodd gysgod y Gwas Mawr yn tywyllu drws y llofft. "Tyrd yma, Egor," meddai. "Cwyd o ar ei eistedd."

Plygodd y Gwas Mawr dros ei feistr a rhoi'i law ar ei dalcen. Troes at yr Iarlles. "Oes gennych chi ddrych llaw, Feistres?"

Daliodd y Gwas Mawr y drych dan ffroenau'r Iarll ond ni phylwyd y gwydr. "Mae'n ddrwg gen i, Feistres," meddai. Gwasgodd ei fawd dros amrannau'r Iarll i gau'i lygaid. "Af i nôl y meddyg."

"Aros di," meddai'r Iarlles a rhoi'i llaw ar ei fraich. "Beth fedrith y meddyg ei wneud iddo rŵan?"

"Dim byd," meddai'r Gwas Mawr. "Ond mi fyddwch angen y dystysgrif."

"Geith hyn'na aros," meddai hithau. "Mae gen i reitiach pethau i'w trefnu ar hyn o bryd. Dwi angen munud i feddwl. Saf di'n fan'na am ennyd."

Aeth yr Iarlles i eistedd wrth y bwrdd sgwennu a gafael mewn cwilsen. Ymhen ychydig cododd ei phen. "Wyt ti'n sylweddoli beth mae hyn yn ei olygu?" holodd.

"Gafodd o'i wenwyno, Feistres?" cynigiodd y Gwas Mawr.

"Naddo, siŵr Dduw," meddai hithau'n ffrom gan osod y gwilsen ar y bwrdd. "Paid â siarad yn wirion." Cyfeiriodd â chefn ei llaw at y gadair wrth ei hymyl. "Tyrd i eistedd i fan'ma imi gael egluro iti, Egor.

"Mi rwyt ti wedi bod yn gefn imi ers imi gyrraedd y lle'ma, yn do?" meddai. Cydiodd yn ei law a'i gwasgu. "Mi hoffwn i feddwl ein bod ni'n dallt ein gilydd?"

"Wrth gwrs, Feistres," meddai'r Gwas Mawr.

"Rŵan, Egor," meddai hithau gan ddewis ei geiriau'n ofalus, "mi wyddet y gallai'r Iarll fod weithiau ychydig yn anghonfensiynol?"

"Gwyddwn," meddai'r Gwas Mawr.

"Paid â'm camddallt," meddai. "Roedd o'n ŵr bonheddig o'r iawn ryw, roedd o'n uchel ei barch gan bawb, fel y gwyddost gystal â neb, ond lle bydd camp bydd rhemp, ynte, Egor?"

"Ia, Feistres," meddai'r Gwas Mawr.

"A wyddet fod ganddo fo ymlyniad at syniadau caeth ac anhyblyg o ran trefniadau priodasol?"

Ysgydwodd y Gwas Mawr ei ben.

"Un ar y naw oedd o am ei drefniadau, Egor," meddai. "Fy newis i oedd ei briodi, mae'n wir, ond ei ddewis o oedd mynnu'r amod o gytundeb cynbriodasol. Wyddost ti beth ydi peth felly?"

"Na wn i, Feistres," meddai'r Gwas Mawr.

"Roedd yn rhaid imi arwyddo cytundeb cyfreithiol na chawn fotwm corn ar ei ôl os byddai'n marw a ninnau'n ddi-blant. Dim pwt o hawl ar yr eiddo na'r stad."

"Wyddwn i ddim byd," meddai'r Gwas Mawr.

"Wrth gwrs na wyddet, Egor," meddai hithau. "Ond rŵan diolch i lol botas fy ngŵr, heddwch i'w lwch, fydd y cwbwl lot yn mynd i'w frawd anghynnes Ermolai, y cwtrin anweddus yna o'r Crimea."

"Ermolai?" meddai'r Gwas Mawr. "Eith y stad rhwng y cŵn a'r brain yn syth bìn."

"Mae yna reswm pam dwi'n egluro hyn iti, Egor," meddai'r Iarlles. "Ond yn gyntaf dwi angen gwybod faint fedra i ymddiried ynot ti."

"Dwi'n driw ichi, Feistres," meddai'r Gwas Mawr. "Mi awn drwy ddŵr a thân drosoch. Ond dim ond gwas ydw i, Feistres, sut allwn i eich helpu chi?"

"Ti'n fwy na gwas i mi, Egor," meddai'r Iarlles gan

wasgu'i law eto. "A dwi ddim yn amau y medri di fy helpu."
Gollyngodd ei law a sefyll ar ei thraed. "Ond yn gyntaf cer
i ddweud wrth y gweision a'r morynion fod y meistr yn
cysgu a bod neb i'w styrbio ar unrhyw gownt, wyt ti'n deall
hyn'na? A dim gair am hyn wrth yr un enaid byw. Os wyt
ti wir eisiau fy helpu, tyrd di'n d'ôl yma ataf am ddeg o'r
gloch heno ac mi gawn ni sgwrs eto."

Y noson honno am ddeg o'r gloch daeth y Gwas Mawr
i lofft y meistr lle roedd yr Iarlles yn aros amdano. Rhoes
hithau wydraid o frandi iddo. Holodd sut oedd pethau
adref ar ôl iddo gladdu'i fam a'i dad yn ddiweddar.

"Fel y gwelwch chi, Feistres," meddai. "Dwi ar fy
mhen fy hun yn y bwthyn a finnau hefo fy nhair erw a'm
buwch."

"Wyt ti heb feddwl priodi?" meddai'r Iarlles.

"Lawer gwaith," meddai. "Ond nid oedd yr un a garwn
am edrych ar un fel fi."

"Faint wnei di bellach?" holodd hithau. "Mi rwyt ti tua'r
un oed â'r Iarll os dwi'n cofio'n iawn?"

"Pymtheg ar hugain, Feistres" meddai'r Gwas Mawr.

"Tua'r un taldra," meddai'r Iarlles. "Ond dy fod ti'n
fachgen tebol, nid llegach o ddyn fel fy hen ŵr." Aeth ato i
sefyll o'i flaen ac edrych i'w wyneb. "Mi rwyt ti'n fachgen
golygus," meddai.

"Os dach chi'n dweud, Feistres," meddai'r Gwas Mawr.

"Mi rydw i'n dweud," meddai hithau gan roi sws glec iddo ar draws ei wep. "Galw fi'n Asya." Cydiodd yn ei law a'i arwain i'w llofft ym mhen draw'r pasej. "Mae gen i bethau dwi'i isio'u trafod efo ti," meddai. Aethant i eistedd ar ei soffa dan y ffenest. Gafaelodd yn ei law eto a chodi'r llaw arall i anwesu'i foch. "Dwi wedi dy weld di'n codi dy ben o'th waith i'm gwylio a finnau'n cerdded heibio," meddai.

"Mae breuddwydion yn bethau rhad," meddai yntau.

"Weithiau," meddai'r Iarlles. "Ond mi allant gostio'n ddrud yr un fath." Syllodd i fyw ei lygaid duon. "Cusana fi, Egor," meddai ac fe wnaeth.

Treuliasant orig felly ym mrig yr hwyr i gynefino â'i gilydd a bwrw eu swildod. Ymhen hir a hwyr dyma'r Iarlles yn codi ar ei phenelin. "Cwyd a gwisga," meddai. "Mae'n hen bryd inni dorchi llewys." Eglurodd ei chynllun i'r Gwas Mawr.

Lapiwyd corff yr Iarll mewn cynfas oddi ar y gwely ac aeth y Gwas Mawr â fo dros ei ysgwydd i'r buarth cefn. Croesodd y bompren i'r wern a chadw ar hyd y dalar dan frigau'r coed draw am ei fwthyn rhwng y waun a'r gors. "Taw, Masha," galwodd pan ddechreuodd yr ast goethi a hithau'n tynnu ar ei chadwyn. Tawodd yn syth wrth glywed llais ei meistr ac aeth i orwedd i'w chwt dan ysgwyd ei chynffon. Cydiodd yntau mewn rhaw a brasgamu i'r cae. Cododd haenen o dywyrch yn ofalus a dechrau palu. Erbyn i flaen y wawr ddechrau goleuo amlinell y bryniau roedd y twll yn barod a'r corff yn y bedd. Sodrodd y tyweirch yn eu lle dros y pridd a chadw'r rhaw. "Da'r hogan, Masha," meddai wrth gludo bwyd a dŵr i'r ast. "Wela i di heno."

Dychwelodd i'r Plas lle cafodd y blaen ar y morynion a sleifio i lofft y meistr heb i neb ei weld. "Tyn amdanat," meddai'r Iarlles. Cadwodd hi ddillad y gwas yng ngwaelod cist a rhoi iddo un o gobanau nos yr Iarll i'w gwisgo. Sodrodd gap nos pigfain am ei ben. "Cer i'r gwely a throi at y pared," meddai, "a dechrau griddfan."

Galwodd ar y forwyn i ddyfod â'r samofar. "Dyro fo ar y bwrdd, Calina," meddai. "Mae'r meistr wedi troi ar wella trwy ras Duw. Clyw arno fo'n tuchan. Rŵan tyrd ag wyau wedi'u berwi'n galed iddo fo ac uwd inni gael gweld gymrith o damaid i'w fwyta."

Y noson honno newidiodd y Gwas Mawr yn ôl i'w ddillad gwaith a mynd dan gêl i'w fwthyn i fwydo'i ast. Rhoes glo ar ei ddrws a chladdu'r agoriad dan y rhiniog. Dadfachodd yr ast ac aethon nhw i weld ei gymydog lle roedd ei fuwch ar fenthyg.

"Croeso iti, Egor Nikolayevich," meddai'r cymydog. "Eisiau dy fuwch wyt ti?"

"Nage, Stepan Ivanych," meddai'r Gwas Mawr. "Mi gei di'i chadw hi am y tro a dyma fy ngast Masha iti hefyd. Dwi'n gadael a 'dwn i ddim pryd fydda i'n ôl. Wedi cael hanes lle da yn y gogledd-dir lle mae'r awyr yn llydan a'r pridd yn ddu."

Aeth i Dafarn y Bont i dalu dyledion ei lechen ac i ganu'n iach. Yfwyd sawl llwncdestun iddo fel sy'n weddus pan fydd rhywun yn gadael, yn enwedig gan mai Egor oedd yn talu am y fodca a'r cwrw rhyg. Roedd hi'n dri y bore arno, a'i ben yn troi, cyn iddo gyrraedd yn ôl i lofft y meistr lle roedd yr Iarlles yn ei ddisgwyl. "Gwell hwyr na hwyrach," meddai. "Sut aeth hi?" Eglurodd yntau orau y gallai yn ei gyflwr presennol ac aeth i wely'r Iarll i chwyrnu trwy'r nos.

Ni bu adferiad yr Iarll mor fuan ag y gobeithiasai pawb. Ni fynnai weld neb. Mynnai gadw'r llenni wedi eu cau'n dynn. Ni châi neb ond yr Iarlles ddwyn tendans iddo. Roedd mis Medi'n tynnu tua'i derfyn ac aroglau llosgi'r sofl yn llenwi'r gwynt cyn i'r gair gyrraedd y gweision a'r morynion fod y meistr wedi dechrau cael ei gefn ato. Byddai ar ei draed cyn pen y mis, os byw ac iach trwy ras Duw.

Un ben bore o Hydref aeth yr Iarlles ati efo'r siswrn a'r crib i dwtio locsyn y Gwas Mawr a siapio'i drawswch. Roedd gwell na mis ar wastad ei gefn wedi ei welwi a'i edwino i ryw raddau a llwyddwyd i gael dillad ei gŵr amdano er eu bod yn dynn ar y cluniau a'r ysgwyddau. Gwthiodd ei draed i'r bwtsias topiau cochion ac ymarfer cerdded efo'r sbardunau. Rhoes gôt laes yr Iarll amdano a phâr o fenig lledr a het groen arth. Dilynodd yr Iarlles i sefyll o flaen y porth ar ben y grisiau allan lle gwelai'r tylwyth wedi ymgynnull ar y cwrt blaen.

"Mae'r meistr yn well, diolch i'r Nefoedd," meddai'r Iarlles a gwaeddodd pawb hwrê a thaflyd eu capiau i'r awyr. "Ond mae sgileffeithiau i gystudd o'r fath," ychwanegodd. "Mae o wedi effeithio ar ei lais ac mae o'n wan fel cath, fel y gwelwch, ond heblaw am hynny mae'ch meistr annwyl a charedig yn ei ôl yn eich plith a rhown ddiolch i'r Goruchaf am ei adferiad." Cafwyd hwrê arall a chapiau'n y gwynt.

"Diolch o galon ichi," meddai'r Gwas Mawr a'i lais yn floesg. "A diolch am eich holl waith". Cododd ei law, plygu'i ben a llusgo'i hun yn ôl i'r tŷ.

O dipyn i beth dechreuodd yr Iarll ymgymryd â mwyfwy o'i ddyletswyddau. Galwodd ei brif weision ato i'w rhoi nhw ar ben y ffordd o ran trefn y gwaith a sut orau i rannu'r dyletswyddau. Rhoes iddynt hawliau newydd a chyfrifoldebau na chawsant mohonynt o'r blaen a dangos iddynt fod cydweithio'n well na thynnu'n groes. Treuliai'r rhan fwyaf o'i amser gyda'r dynion yn yr awyr iach a chyn lleied â phosib yn y fyfyrgell. Eglurodd mai'r awyr iach oedd y ffisig gorau iddo. Roedd y dynion yn rhyfeddu ei fod o'n deall patrwm y gwaith mor drylwyr ac yntau erioed wedi dangos llawer o ddiddordeb o'r blaen. Erbyn y Nadolig roedd trefn go lew ar waith y stad ond nid dyna'r unig achos dathlu. Cyhoeddwyd newyddion fod yr Iarlles yn feichiog ac yn disgwyl ei phlentyn cyntaf rywdro ym mis Mai. Nadolig llawen iawn a gafwyd ym Mhlas Acsacof y flwyddyn honno, gellir mentro.

Nid oedd pethau'n fêl i gyd serch hynny. Yn sgil cyhoeddi'r traethawd hadau a anfonwyd i'r *Amaethwr* daeth swrn o lythyrau o bob cyfeiriad i'w longyfarch ar ei waith ac i'w wahodd i ddarlithio ar ei bwnc arbenigol gerbron cymdeithasau anrhydeddus o bob math. Cafodd gymorth yr Iarlles i lunio atebion ffurfiol i'w hanfon iddynt gan ddiolch am eu diddordeb ac ymddiheuro na allai dderbyn y gwahoddiadau ar sail ei iechyd. Mater arall oedd hi pan enillodd wobr glodfawr ym Mosgô am ei ddarganfyddiadau arloesol ym myd hadau. Ni allai wrthod y gwahoddiad i fynychu'r seremoni wobrwyo ond llwyddodd i gael gohirio'r achlysur tan ddiwedd y gwanwyn.

Er mwyn osgoi unrhyw amryfuseddau eraill aeth yr Iarlles ac yntau trwy waith papur y fyfyrgell efo crib mân a gosod trefn ar yr holl ohebiaeth. Cawsant hyd i addewid i gyfrannu awdl i *Novoye Vremya* a darn o'r awdl wedi ei chwblhau. Copïodd y Gwas Mawr eiriau'r gerdd ar bapur glân a chopïo'r llythyr a luniodd yr Iarlles iddo a'u gyrru i'r Golygydd. Daeth ateb swta o fewn yr wythnos a'r Golygydd yn diolch am y gwaith ond yn nodi nad oedd yn arfer ganddo gyhoeddi gwaith ar ei hanner gan ofyn yn barchus am y cant rwbl o flaendal yn eu hôl. Dychwelwyd y taliad gyda throad y post.

Ar ei daith trwy'r dalaith daeth Llysgennad Ffrainc a'i wraig i'r dref agosaf ac yn unol â'r drefn fe'u gwahoddwyd i Blas Acsacof. Cyfieithodd yr Iarlles y llythyr i'r Gwas Mawr: roedd gan y Llysgennad ddiddordeb mawr yn yr arbrofion hadau a chan wybod fod yr Iarll yn rhugl ac yn rhwydd yn ei Ffrangeg fe edrychai ymlaen i'w gwrdd i gael trafod y fenter newydd rhag ofn bod modd cydweithio'n fasnachol gyda'r Werinlywodraeth Ffrengig. Trefnwyd noson o wledda a rhialtwch i'r Llysgennad a'i wraig a gwahodd byddigions nodedig y cylch. Cafwyd noson i'w chofio gan bawb. Yr unig siom oedd i gystudd yr Iarll ei oddiweddyd yn annisgwyl y pnawn hwnnw ac iddo orfod troi am ei wely cyn gweld neb.

Weithiai pan ddeuai'r cymdogion heibio ar ddyddiau enwau neu benblwyddi byddent yn disgwyl i'r Iarlles ganu ar ôl swper i gyfeiliant yr Iarll ar y piano. Byddai'n rhaid egluro fel yr oedd y salwch wedi breuo esgyrn ei fysedd i'w nadu rhag taro'r nodau ar y berdoneg. Yn anffodus, roedd yr afiechyd hefyd wedi dweud ar ei lais ac ni allai bellach ddatgan ei gywyddau gerbron ei westeion a hynny'n codi'r fath felan arno fel na allai feddwl cywain gwynt yr awen i'w hwyliau i lunio un dim arall byth eto, gwaetha'r modd.

Un bore gwyn cyrhaeddodd dau o gynrychiolwyr Banc Canolog yr Ymerodraeth i holi pam nad oedd ad-daliadau'r benthyciad wedi eu talu ers mis Awst. Dangoswyd y papurau a'r cytundebau gan bwyntio at y llofnodion a'r sêl goch a'r ruban.

Eglurwyd am salwch yr Iarll ac addawyd y byddid yn rhoi trefn ar y taliadau rhag blaen.

"Faint sydd arnom ni?" holodd y Gwas Mawr a nhwythau'n sefyll ar y rhiniog gan wylio'r bancwyr yn camu trwy'r eira at y sled a'u cludodd o'r orsaf.

"Gormod," meddai hithau. "Nid arian datblygu oedd o'n eu benthyg, llwch i lygaid y banc oedd hynny. Arian hapchwarae Mosgô, dŵr trwy hidlan, dyna oedd yn mynd â'r hwch trwy'r siop."

"Be wnei di?" meddai.

"Be wnawn ni?" meddai hithau.

"Pam na werthi di Bentre'r Pant a llawr y plwy yr holl ffordd i Ryd y Groes?" meddai yntau. "Does yna ddim budd i'r stad o'r daliadau yna ac mi ddylai glirio'r dyledion."

"Y ti fydd yn rhaid eu gwerthu drosta i," meddai hithau. "Does dim byd yn fy enw i."

"Os trefni di'r gwaith papur," meddai'r Gwas Mawr. "Mi wnaf innau beth bynnag fydd ei angen."

Erbyn iddyn nhw gael y ddesgil yn wastad roedd tymor yr heu a'r plannu ar eu gwarthaf a gwaith yr Iarll yn parhau o fore gwyn tan nos. Ar adeg felly ychydig iawn o gymdeithasu a wneid yn y Plas a chafodd y meistr ychydig o lonydd oddi wrth y rhai a geisiai'i gwmpeini. Serch hynny gwyddai ym mêr ei esgyrn na allai fyw'r celwyddau am yn hir iawn heb roi cam gwag. Ddiwedd Mai ganwyd iddyn nhw fab a'i fedyddio'n Antosha Alyoshevich, baban rhadlon bochgoch iach.

Gwyddai'r Gwas Mawr y byddai teuluoedd y ddwy ochr yn ymgynnull fel tonnau'r llanw cyn bo hir, ar gyfer y bedydd. Myfyriai sut y byddai'n gallu eu hadnabod o ran eu henwau. Tybed a fyddai'n gallu cymryd arno fod yr haint a gafodd wedi pallu'r cof i'r graddau nad oedd yn adnabod wynebau neb. Meddyliodd wedyn sut y byddai'n ateb eu hymholiadau am ei waith efo'r hadau enwog. Aeth i feddwl am y cyfnod picnics oedd ar gyrraedd a'r cynfasau gwynion wedi eu taenu ar hyd torlannau'r afon a'r cychod bach yn siglo ar y dŵr. Byddai'n rhaid iddo lolian ar lannau'r afon trwy'r dydd a chwarae gemau ar y lawnt, actio mewn sgetsys yn y berllan geirios, chwarae gêm o'r enw gwyddbwyll ar y feranda. Clywodd ei bod hi'n gêm gymhleth efo gwerin a brenin a chestyll a meirch ond ni wyddai sut i'w chwarae. A byddent i gyd am y gorau'n dangos eu hunain wrth barablu Ffrangeg â'i gilydd gan ofyn iddo egluro'i hadau mewn iaith na ddeallai. Byddent yn galw arno i ddewis gwinoedd cain o'i seler ar gyfer y prydau nos, gwinoedd na wyddai un dim amdanynt. Ar ben hynny, nid oedd ond cwta wythnos tan y seremoni wobrwyo fawr ym Mosgô.

Aeth i weld yr Iarlles. "Alla i ddim byw fel hyn,

Asya," meddai. "Mi fydd teulu'r Iarll yn siŵr o weld trwy'r chwarae mig yma."

"Ers faint wyt ti'n teimlo fel hyn?" holodd hithau.

"Ers y munud cyntaf imi roi bwtsias yr Iarll am fy nhraed," meddai'r Gwas Mawr. "Dwi'n byw hefo bwyell uwch fy mhen. Mi wyddost fy mod i'n dy garu, Asya," meddai. "Ond er dy les di a lles ein mab, Antosha, mi fyddai'n well inni gau pen y mwdwl ar y byw celwydd."

"Wn i ddim be i'w ddweud," meddai hithau. "Gad imi feddwl."

Safodd yntau wrth ei phenelin yn ei fwtsias sgleiniog du topiau cochion a'i drywsus gwyn a'i gôt gynffon wennol a'i lygaid yn llosgi yn ei ben. "Faint o waith meddwl wyt ti eisiau?" holodd. "Mae'r ateb yn glir."

"Beth ydi'r ateb, felly, Egor bach?"

"Dwyt ti ddim wedi galw Egor arnaf ers talwm," meddai'r Gwas Mawr.

"Dyna pwy wyt ti, yndê?" meddai'r Iarlles.

"Ia, gwaetha'r modd," meddai'r Gwas Mawr.

"Dwi yn dallt be ti'n 'ddeud," meddai'r Iarlles. "Wyt ti'n meddwl mynd yn ôl i dy hen ffordd o fyw?"

"Os gallaf, dyna fyddai'r peth callaf," meddai'r Gwas Mawr. "Ond beth am yr Iarll? Sut egluri di wrth y teulu am ddiflaniad y meistr?"

"Dwi wedi meddwl am hynna," meddai'r Iarlles. "Os wyt ti'n mynnu mynd, mi ddyweda i ei fod o wedi mynd i Fosgô i nôl ei wobr. Paid ti â phoeni dim."

"Hwyrach y gallwn ni weld ein gilydd eto, Asya?" holodd y Gwas Mawr.

"Os mynd, mynd," meddai'r Iarlles. "Ond mi fyddi di bob amser yn fy nghalon, Egor, anghofia i mohonot ti." Rhoes sws iddo ar ei foch.

Tra'r oedd y Gwas Mawr wrthi'n estyn ei wisg gwaith o'r gist aeth hithau i'w llofft i agor ei chist droriau. Tynnodd ohoni bump papur cant rwbl.

"Sut dwi'n edrych?" meddai'r Gwas Mawr pan ddychwelodd hi ato.

"Fel y Gwas Mawr," meddai hithau. Estynnodd ei siswrn a chneifio peth ar ei locsyn a'i drawswch i'w gwneud nhw'n werinol a rhoi'i bysedd fel crib trwy'i wallt. Safodd yn ôl i edrych arno a nodio'i phen. "Cyn iti fynd, Egor," meddai, "hwda rywbeth at dy gadw." Gwthiodd yr arian papur i'w law. "Paid ti â mynd yn jarff i gyd i'w gwario nhw i'r dafarn, cofia," meddai.

"Iawn, Feistres," meddai Egor.

"Achos ar dy ben dy hun fyddi di rŵan ar ôl camu dros y trothwy allan. Mi wyt ti yn dallt hynny'n dwyt?"

"Yndw, Feistres," meddai yntau gan ei dal hi'n dynn a chlywed aroglau'i phersawr yn llenwi'i ffroenau.

Brasgamodd y Gwas Mawr am adra i agor ei fwthyn ac wedyn aeth at ei gymydog i ddweud ei fod o'n ei ôl. Y noson honno aeth i Dafarn y Bont a chael croeso mawr, yn enwedig gan mai fo oedd yn codi dros bawb, a chafwyd canu a dawnsio tan y bore bach.

Y bore trannoeth yn y Plas arhosodd yr Iarlles yng nghanol ei gwely tan ar ôl deg o'r gloch. Galwodd y forwyn fach ati a dweud wrthi am fynd â'r samofar i lofft ei gŵr. Daeth y forwyn yn ei hôl a'i gwynt yn ei dwrn. "Tydi o ddim yna, Feistres," meddai.

"Twt lol," meddai'r Iarlles. "Fy nghof i sy'n pallu. Roedd o'n cychwyn ar y trên cyntaf i Fosgô bore 'ma. Tyrd â'r samofar i fan'ma, da'r hogan, a gwna baned imi."

"Fydd o i ffwrdd am yn hir, Feistres?" holodd y forwyn.

"Bydd, Calina," meddai'r Iarlles. "Am yn hir iawn. Mae o'n cael gwobr ym Mosgô ac mi arhosith wythnosau, mwn, i siarad efo pobol y brifddinas am ei hadau gwenith."

"Oes yna lot i'w ddweud am yr hadau, Feistres?"

"Oes, wir," meddai'r Iarlles a chymryd llymaid o'i the.

Ymhen ryw fis wedyn daeth yr Iarll Lefushca Fladimirofits Acsacof i'r dalaith, cefnder i'r Iarll Alyosha Sergeyefits Acsacof, ac wrth gwrs dargyfeiriodd ei siwrnai i gael treulio noson ym Mhlas Acsacof yn unol â'r arfer. Roedd wedi synnu i glywed nad oedd ei gefnder gartref.

"Byth wedi cyrraedd yn ôl o Fosgô," meddai'r Iarlles.

"Dwi heb glywed gair ganddo fo ers iddo fynd."

"Mosgô?" meddai Lefushca. "Chlywais i ddim sôn ei fod ym Mosgô. Fyddwn i wedi ei weld o. Mi fyddwn i wedi clywed."

"Aethoch chi i'w noson wobrwyo, Lefushca?" holodd yr Iarlles.

"Do, wir," meddai Lefushca, "Ond lle'r oedd Alyosha Sergeyefits? Ddaeth o ddim er ei fod wedi creu cryn drafferth wrth fynnu newid y dyddiad. Wyddwn i ddim lle i sbio pan alwyd o i'r llwyfan. Be fedrwn i ei wneud, Anastasia? Codi ar fy nhraed a derbyn y wobr ar ei ran, a finnau'n un o'r teulu. Dyna'r prif reswm dwi yma heno, a dweud y gwir." Estynnodd amlen o'i boced a'i rhoi hi iddi. "A'r rheswm arall y dois i oedd i weld sut oedd fy nghefnder, ond y cwestiwn bellach ydi, lle mae o?"

"Dim syniad," meddai'r Iarlles gan wasgu'r amlen rhwng bys a bawd i amcangyfrif gwerth y papurau rwblau oedd ynddi. Tybiodd na fyddai'n werth i neb fynd i Fosgô am wobr werth llai na phum mil.

Drannoeth y bore aeth un o'r gweision â Lefushca yn y trap i hysbysu'r Comisâr o ddiflaniad yr Iarll. Trefnodd yntau i anfon dau swyddog i gymryd datganiadau gan y pentrefwyr. Ni chofiai neb yn yr orsaf drenau weld yr Iarll yn dal trên fore i Foscô yn ystod y mis diwethaf. Ni chofiai neb o'r pentrefwyr a'r tyddynwyr weld yr Iarll yn y mis diwethaf ychwaith. Roedd fel petai o wedi diflannu oddi ar wyneb y ddaear.

Ddechrau'r wythnos ganlynol tynnwyd sylw at ddiflaniad yr Iarll yn nhudalennau'r *Moskovskiye Vedomosti* a'r diwrnod wedyn pwy gyrhaeddodd yn ei goets ddu ag arfbais ar ei drysau ond y Comisâr ei hun. Roedd cysgodion y cyfnos yn dechrau llenwi'r cwrt blaen pan gamodd o'i goets a dringo'r grisiau cerrig i'r porth. Trefnwyd ystafell ymholiadau iddo yn un o barlyrau'r Plas ac aeth un o'r gweision i chwilio am y ddau swyddog. Rhoddwyd bwyd a diod i'r Comisâr a chafodd Lefushca ac yntau sgwrs am yr achos. Toc wedyn daeth cnoc ar ddrws y parlwr a daeth y ddau swyddog i mewn.

"Sut nad ydych chi byth wedi cael hyd iddo fo?" holodd y Comisâr. "Mae dros wythnos wedi mynd heibio."

"Be os ydi o ddim yma?" meddai un o'r swyddogion. "Glywais i ei fod o'n Mosgô."

"Ond be os ydi o yma, a chithau'n rhy dwp i gael hyd iddo fo?" meddai'r Comisâr. "Ydych chi wedi meddwl am hyn'na? Naddo, siŵr iawn." Cododd a gafael yn ei ffon gansen. "Wyddoch chi bod y stori am eich methiant a'ch aneffeithlonrwydd ar gyrn a phibau'r wasg erbyn hyn?" Camodd at y ddau. "Mae enw da'r Weinyddiaeth Materion Cartref ei hun dan fygythiad diolch i'ch blerwch chi."

"'Dan ni'n gwneud ein gorau," meddai un o'r swyddogion.

"Ydach chi wedi bod i'r dafarn?" holodd y Comisâr.

"Ond am un bach, gynnau," meddai'r swyddog.

"Nid hynny, ffwlbart," meddai'r Comisâr. "Ydach chi wedi cynnal cyfweliadau efo pawb oedd yn y dafarn adeg diflaniad yr Iarll?"

"Ddim eto," meddai'r swyddog. "Roedden nhw braidd yn chwil."

"Wyddost ti ddim mai dyna'r pryd gorau i'w dal nhw?" meddai'r Comisâr. Troes at Lefushca. "Be ydych chi'n feddwl o hyn, Lefushca Fladimirofits?"

"Dwi'n credu ichi daro'r hoelen ar ei phen, Gomisâr," meddai Lefushca. "Ac os medraf gynnig unrhyw gymorth ichi, mi dwi'n fwy na pharod i gynnig help llaw, wrth gwrs."

"Wel, diolch ichi," meddai'r Comisâr. "Mae'r ddau ddiffaith yma wedi bod wrthi'n troi yn eu hunfan ers wythnos. Ac yn y cyfamser, mae'r stori am ddiflaniad 'Iarll yr Hadau' ar dudalennau blaen papurau Mosgô. Fedrwch chi gredu'r fath beth? Dwi yma rŵan i gael hyd i'r Iarll a dyna dwi am ei wneud, a gorau oll os medrwch fy nghynorthwyo."

"Lle 'dan ni'n dechrau?" meddai Lefushca.

"Tafarn y Bont," meddai'r Comisâr.

Cerddasant yr hanner milltir i sgwâr y pentref. Gwelsant gardotyn ym môn y clawdd y tu allan i Dafarn y Bont ac yntau fel petai'n gwrando ar sisial ganu'r afon dan y bont.

"Henffych, ddieithriaid," galwodd y cardotyn arnynt wrth iddyn nhw groesi o'i flaen. "Oes gennych chi gopec i hen ŵr?"

"Hwda, Taid," meddai Lefushca.

"Peth rhyfedd ydi ffawd," meddai'r cardotyn.

"Am be wyt ti'n sôn?" meddai Lefushca.

"Colli gŵr a chanfod gwas," meddai'r cardotyn. "Yr euog a ffy a neb yn ei erlid."

"Wyt ti'n siarad mewn damhegion," meddai'r Comisâr. "Be wyt ti, rhyw fath o ynfytyn?"

"Pan gyll y call fe gyll ymhell," meddai'r cardotyn. "Os dwi ddim yn gall, dwi ddim yn bell." Daliodd gledr ei law atynt. "Dwi ddim yn bell o'r gwir," ychwanegodd. "Ac os mai'r gwir ydach chi isio, rhowch gysur i hen ŵr."

"Hwda gopec arall," meddai'r Comisâr.

"Y diwrnod aeth yr Iarll ar goll daeth y Gwas Mawr yn ei ôl," meddai'r cardotyn. "Ac am groeso gafodd Egor Egorovich ac yntau'n taro papur cant rwbl ar y bar."

"Well inni gael gair efo'r Egor Egorovich yma," meddai'r Comisâr. Roedd ffenestri'r Plas yn felyn yn y pellter a diferion glaw nos yn dechrau taro dail y coed. "Lle mae o'n byw?"

"Hanner milltir o'r Plas," meddai Lefushca.

Roedd hi'n arllwys y glaw erbyn iddyn nhw nesáu at fwthyn y Gwas Mawr. Roedd y dafnau'n dew fel sylltau yng ngolau'r llusern a dŵr y nant yn tasgu fel sêr yn erbyn pyst y bompren. Roedd aroglau mwg a pharddu ar y gwynt wrth iddyn nhw groesi'r fawnog. Yn ei gwman uwch ben ei aelwyd oedd y Gwas Mawr a photel wen dryloyw yn ei law. Rhoes wydraid yr un o'r fodca i'r ymwelwyr a gwrando ar eu hanes.

"Gwas Mawr y Plas oeddet ti, ynte?" holodd y Comisâr, "ond mi godaist dy bac a'i hel hi i ffwrdd i rywle tua deg mis yn ôl a rŵan ti'n d'ôl yma a chdithau heb waith, ydw i'n iawn?"

"Yndach," meddai'r Gwas Mawr.

"I ble'r est ti?" holodd yr Comisâr.

"Es i'n bell o'm cynefin," meddai'r Gwas Mawr.

"Pam ddoist ti'n d'ôl, 'ta?" meddai Lefushca.

"Doedd y lle ddim yn iawn i mi," meddai'r Gwas Mawr.

"Sut wyt ti'n byw?" meddai'r Comisâr.

"O'r fawd i'r genau, Syr," meddai'r Gwas Mawr.

"Nid dyna'r stori yn Nhafarn y Bont," meddai'r Comisâr.

"Lle cest ti bapur cant rwbl i'w daro ar y bar, fel un o'r bonedd?"

"Welis i rioed bapur cant rwbl," meddai'r Gwas Mawr. Cymrodd jochaid o geg y botel.

Y diwrnod wedyn gyrrodd y Comisâr am y Rhingyll i fynd efo fo â Lefushca i archwilio'r tyddyn. Ni fuont yn hir iawn cyn cael hyd i bedwar papur cant rwbl tu ôl i garreg rydd wrth y pentan. Gyrrwyd am weision y Plas a dwedwyd wrthyn nhw ddyfod a'u rhofiau. I ddechrau cychwyn gwthiwyd blaenau picweirch i'r borfa i ganfod darnau meddal. Pan gafwyd pant yn nghornel y cae galwyd y rhofwyr i'w gloddio nes oedd y pridd yn hedfan fel gwenoliaid.

"Feistr," galwodd un o'r rhofwyr o'r twll. "Bodiau traed."

Aeth Lefushca i chwilio am yr Iarlles a chael hyd iddi hi a'r baban Antosha yn ei breichiau, yn y feithrinfa. Rhoes yr Iarlles y baban yn ôl i'r famaeth ac aeth allan i eistedd efo Lefushca ar y feranda.

"Mae'n ddrwg gen i am dy golled," meddai Lefushca.

"Diolch iti am dy gefnogaeth," atebodd hithau. "Ys gwn i be ddigwyddodd?"

Taniodd Lefushca sigarét. "Mae'r achos yn ddu a gwyn," meddai. "Mor amlwg â hoelen ar bared. Mi roedd angen y Comisâr arnom i ddatrys yr achos. Doedd y ddau swyddog arall yna'n da i ddim byd i neb, dim syniad be oedden nhw'n ei wneud a heb feddwl bod angen chwilio am gorff. Dyn o brofiad y Comisâr oedd ei angen, dyna sydd wedi gwneud y gwahaniaeth. Y munud y gwelodd o'r pedwar cant rwbl ym mhentan y Gwas Mawr roedd yr achos ar ben. Tydi o wedi bod trwy bethau gwaeth na hyn lawer gwaith o'r blaen?"

"Be ddywedodd y Gwas Mawr?" holodd yr Iarlles.

"Dim gair o'i ben," meddai Lefushca. "Heblaw mynnu nad oedd a wnelo neb arall â'r peth."

"Felly mae o wedi cyfaddef?"

"I bob pwrpas, do," meddai Lefushca. "Roedd y Comisâr yn ormod o foi iddo fo."

"Be ddigwyddith i'r Gwas Mawr?" holodd hithau. Ceisiodd gadw'r cryndod o'i llais wrth iddi feddwl am Egor mewn cadwyni.

"Mi gei di ganu'n iach â'r Gwas Mawr," meddai Lefushca. "Be geith o dywed? Am lofruddio'i feistr a dwyn ei bres geith o flas y fflangell a thaith un ffordd i Siberia faswn i'n feddwl, Anastasia."

"Ond ddaru o ddim dwyn pres," meddai hithau. "Ddim o fan'ma."

"Be?" meddai Lefushca. "Ar ochr pwy wyt ti?"

"Aeth yna ddim pres ar goll imi wybod," meddai hithau. "Ac mi fyddwn i'n gwybod os byddai pedwar neu bum cant rwbl wedi mynd ar goll." Gafaelodd yn ei law i'w arwain yn ôl i'r tŷ. "Ond hidia befo am ryw fân arian," meddai gan roi gwydraid o frandi yn ei law a galw am blataid o ddanteithion. "Beth bynnag wnaeth o," meddai, "sgwn i a ydi o'n 'difaru."

"Be ŵyr bwystfil fel fo am edifeirwch?" meddai Lefushca. "Mae o wedi llofruddio dy ŵr, fy nghefnder innau, am bres, Anastasia. Does yna neb yn lladd heb reswm, yn ôl y Comisâr. Pa reswm oedd gan y Gwas Mawr i ladd yr Iarll heblaw i gael ei bump ar ei bwrs? Pedwar cant rwbl mewn twll yn y wal? Lle câi gwalch yr un fath â fo bapurau cant rwbl, heb eu dwyn nhw?"

"Galw fi'n Asya," meddai hithau a thywallt jochiad arall o frandi i'w wydr. "Mae Anastasia'n rhy ffurfiol."

"Iawn, Asya," meddai Lefushca.

"Gawn ni droi'r stori, Lefushca bach," meddai Anastasia. "Dwi wedi blino siarad am bethau diflas."

"Ddois i â chopi iti o *Novoye Vremya* o Mosgô, Anastasia," meddai gan estyn copi o'i fag llaw. "Fyddi di'n mwynhau'r llenyddiaeth fodern?"

"Byddaf," meddai hithau. "Dwi'n eitha hoff o waith yr awdur ifanc Tsiecof yna, dwi'n ei weld o'n eitha blaengar."

"Mae'i stori '*Y Gusan*' yn y rhifyn yma," meddai Lefushca.

"Dwi wrth fy modd efo'r ffordd mae o'n gwneud straeon o bethau bob dydd," meddai Anastasia.

"At waith y beirdd y byddaf i'n troi gan amlaf," meddai Lefushca. "Ffoffanof yn enwedig."

"Mi glywais dy fod ti'n dipyn o hen law ar y cerddi caeth," meddai Anastasia.

"Mi ddysgodd dy ŵr y mesurau imi," meddai Lefushca. "Ond fyddwn i byth yn cyhoeddi fy ngwaith. Gei di weld rhai ohonyn nhw os wyt ti eisiau, rywbryd. Nid sgwennu am hadau 'run fath â'r Iarll fyddwn i ond am bethau dychmygol a rhamantus weithiau, ac a finnau'n hen lanc doedd gen i fawr o brofiad i wybod am be oeddwn i'n sôn, ti'n gweld. Well gen i ganolbwyntio ar ymarfer y piano, mae'n rhoi boddhad imi yn enwedig rŵan a ninnau efo cyn gymaint o weithiau clasurol ar gael wedi eu gosod i'r berdoneg."

"Hwyrach y gelli di gyfeilio imi pan fydda i'n canu penillion gwerin ar ôl swper rywbryd," meddai hithau.

"Byddai'n fraint," meddai Lefushca. "Gyda llaw wrth feddwl am yr Iarll, mae'n bechod am yr arbrofion, yr hadau arloesol a'r holl waith. Fydd yma neb i yrru'r gwaith yn ei flaen rŵan, mae'n siŵr."

"Be'di'r ots am gasgennaid o hadau?" meddai hithau.

"Oes gen ti syniad be ydi gwerth y darganfyddiad i'r stad?" holodd. "Wyt ti'n gwybod i'm cefnder gadw'r hawl ar yr hadau dan enw stad Acsacof a bod gwledydd y byd yn galw am y cynnyrch?"

"Fyddai o byth yn trafod busnes efo fi," meddai hithau. "Wyt ti'n gwybod dipyn am yr hanes?"

"Wrth gwrs," meddai Lefushca. "Fi sgwennodd ei hanner o. Fues i'n gweithio'n agos efo fy nghefnder. Bob tro y deuai i Mosgô mi fyddem wrthi'n gweithio ar ei ddatblygiadau a finnau'n golygu'i bapurau a'u cywiro."

"Dipyn o giamstar, yn dwyt?" meddai Anastasia.

"Ti biau'r hawlfraint rŵan," meddai Lefushca, "Fel gwyddost, mae'n siŵr?"

"Wyddwn i ddim mo hyn'na," meddai Anastasia. "Be arall wyt ti'n ei wybod amdanaf?"

"Dim ond pethau da," meddai Lefushca. "Mi fyddwn i'n siarad llawer efo'ch gŵr pan ddeuai i Fosgô." Pesychodd i'w lawes. "Mi wyddwn am ei ddaliadau, doeddwn i ddim yn cytuno efo fo ar nifer o bwyntiau. Mi wnaeth o egluro imi am y 'cytundeb' rhyngoch. Syniad hen ffasiwn ar y naw yn fy marn i."

"Dipyn o ben bach oedd o yn y bôn, mae arna i ofn," meddai Anastasia. "Heddwch i'w lwch. Mi rwyt ti'n llawer cleniach."

"Wyt ti'n meddwl?" meddai Lefushca. "Sut bynnag, dwi mor falch nad oes yna ddim peryg rŵan iti golli'r stad i'r brawd rhyfedd Ermolai yna oedd ganddo fo'n y

Crimea. Sbydwr pres na welodd y byd mo'i debyg."

"Mi fyddai'r stad wedi mynd â'i phen iddi o fewn y flwyddyn efo Ermolai wrth y llyw," meddai Anastasia. "Hapchwarae wedi ei dorri o, yr un haint ag oedd ar fy ngŵr, rhag ofn na wyddet."

"Mi wyddwn, Aysa," meddai. "A chofia os oes yna unrhyw beth y medra i ei wneud i'th gynorthwyo, dweud ti'r gair ac fe'i gwnaf iti."

"Diolch, Lefushca," meddai'r Iarlles. "Mi fyddwn i'n falch o'th gymorth di i gael trefn ar bethau."

Roedd blaen y wawr yn nhopiau'r ffenestri a nhwythau'n dechrau clywed synau'r dydd newydd. Clywid gwichian byrddau llawr, clepian drysau, sŵn carnau ar y cwrt blaen, lleisiau o bell. "Gwna un peth imi, Lefushca," meddai'r Iarlles. "Mae'r lle yma'n codi brawiau arna i ar ôl y fath helyntion." Syllodd i'w lygaid. "Hebrwng fi i'm llofft, wnei di?"

Safodd y ddau yn y ffenest fawr ar ben y grisiau i wylio cymylau'r dwyrain fel hwyliau'n llenwi efo rhosliw'r wawr. Yn y weirglodd wrth y bompren gwelent hen wreigan yn ei chwman yn hel perlysiau i'w basged. Roedd gweision wrthi'n paratoi coets ddu'r Comisâr ar y cwrt blaen ac yn sychu cefnau'r bedair caseg ddu a harneisiwyd rhwng y tresi. Safai'r Comisâr yn ymyl y goets a'i ddwylo y tu ôl i'w gefn ac yntau'n sgwrsio efo'r Rhingyll. Gwelodd yr Iarlles wyneb y Gwas Mawr yn syllu arni o ffenest y goets a chledr ei law'n wyn ar y gwydr. Sylwodd fod ganddo gyffion am ei arddyrnau.

Wrth ei weld mor llwm, dechreuodd ei llygaid losgi ac aeth ei thrwyn i gosi fel pe bai ar disian. Tynnodd hances o'i llawes i sychu'i hwyneb.

"Tyrd, Lefushca," meddai gan droi o'r ffenest. "Ffordd hyn mae'r llofft."

Nodiadau

2: Calon Ségur

Lleoliad y stori hon yw gwinllan Château Calon Ségur, Saint-Estèphe, Ffrainc a enwyd ar ôl y Comte de Ségur, bonheddwr a gwinydd a oedd hefyd yn berchen ar Lafite a Latour ond a oedd 'a'i galon yn Château Calon Ségur' a hynny wedi ei nodi gyda llun calon goch ar y label.

en primeur – Yr arfer o brynu gwin ymlaen llaw a'r gwin yn dal yn y gasgen cyn ei botelu.

Amis Réunis – Aduniad Cyfeillion (Ffrangeg)

3: Y Seren Agosaf

Corseren goch tua 4.25 o flynyddoedd golau o'r haul yng nghytser y Seithydd yw *Proxima Centauri* (Seren Agosaf y Seithydd), y seren agosaf at yr haul.

4: Y Blaidd Llwyd

Addasiad o chwedl Lydaweg a godwyd oddi ar dafod leferydd Marc'harid Fulup (1837–1909), Plûned, Bro Dreger gan Fañch an Uhel a'i chyhoeddi dan yr enw 'Ar bleiz gris' yn *Kontadennoù ar Bobl* 1 (Al Liamm, 1984). Gyda diolch i Angharad Elen am olygu'r drafft cyntaf ac am ei hawgrymiadau.

Erwan – Y 19eg o Fai yw Dydd Gŵyl Erwan, nawdd sant Llydaw.

"ferchig" : *merc'hig* – merch fach (Llydaweg)

-ig – terfyniad bachigol Llydaweg (a Chymraeg weithiau) sy'n dynodi hoffter neu fychander (fel gyda'r enw Yann / Yannig).

kan ha diskan – canu galw ac ateb (Llydaweg)

bombard – obo Llydewig (Llydaweg)

binioù kozh – pibgod Lydewig (Llydaweg)

gavoten ar menez – dawns y mynydd (dawns Lydewig) (Llydaweg)

5: Hanes Dau Gimwch

plateau de fruits de mer – plataid o fwyd y môr (Ffrangeg)

6: Stori a Ddiflannodd

Cyhoeddwyd gyntaf yn *Taliesin*, Cyfrol 155, Haf 2015.

7: À l'Auberge de Ruztan

À l'Auberge de Ruztan – Ym mwyty Ruztan

Dégage – Cer o'ma (Ffrangeg)

Va te faire enculer – Cer o'ma (anweddus) (Ffrangeg)

putain, fils de pute, salope, imbécile – putain, mab putain, slwt, ynfytyn (Ffrangeg)

Buona sera, signore e signora – Noswaith dda, Syr a Madam (Eidaleg)

Quidquid latine dictum sit altum videtur. Una lingua numquam satis est. Volo in menu antiquae linguae britannicae et linguae latinae! – Y dweud Lladin yw'r dweud gorau. Nid yw un iaith yn ddigon. Dymunaf fwydlen yn Gymraeg a Lladin! (Lladin)

grand plateau de fruits de mer – plataid mawr o fwyd y môr (Ffrangeg)

sur lie – Potelir gwin 'sur lie' oddi ar y gwaddod heb ei hidlo. (Ffrangeg)

sur lit – ar wely (Ffrangeg)

Volevi qualcosa, signore? – Oeddech chi eisiau rhywbeth, Syr? (Eidaleg)

cloche – gorchudd plât arian (Ffrangeg)

Je vous présente notre tour de force. – Cyflwynaf ichi ein campwaith. (Ffrangeg)

Ne lazhit ket ma c'hwilig du. – Na laddwch fy chwilen ddu. (Llydaweg)

gavoten ar menez – dawns y mynydd (dawns Lydewig) (Llydaweg)

8: Byd Newydd Eric

Cyhoeddwyd gyntaf yn *Taliesin*, Cyfrol 157, Gwanwyn 2016.

10: Dyn Diflas

Labas vakaras – Noswaith dda (Lithwaneg)

Cogito ergo sum – Meddyliaf felly bodolaf (Lladin)

Bonjour chez vous – Tan y tro nesaf (Ffrangeg)

Més que un club – Mwy na chlwb (Catalaneg)

11: Cerdded Mewn Cell

Cyhoeddwyd gyntaf yn *O'r Pedwar Gwynt*, Pasg 2017.

13: Canu'n Iach

Cyhoeddwyd stori ar thema debyg yn *Storïau'r Troad*, Gomer, 2000, dan y teitl 'Gŵr y Plas'. Datblygiad a helaethiad ar y stori honno a geir yma.

Novoye Vremya – Papur newydd a gyhoeddid yn St. Petersburg o 1868 i 1917. Un o bapurau newydd mwyaf poblogaidd Rwsia gyda chylchrediad o 60,000 ac a gyhoeddai waith nifer o lenorion o bwys megis Anton Tsiecof (nes iddo ffraeo gyda'r golygydd Swforin yn 1890).

Moskovskiye Vedo – Papur newydd ceidwadol ei safbwynt a sefydlwyd yn 1756 ac a gyhoeddwyd yn ddyddiol o 1859 i 1909 gyda chylchrediad o 12,000.

Arbat – Un o brif strydoedd canol Mosgô tua chilomedr o hyd.

Yar – Bwyty a theatr ym Mosgô a ddenai gwsmeriaid llengar megis Pwshcin, Tolstoi, Tsiecof a Macsim Gorci.

Constantin Ffoffanof (1862–1911) – bardd Rwsaidd; cyhoeddwyd peth o'i waith yn *Novoye Vremya*.